# NELAN
# A BO

*i Iolo ac Irfon*

# NELAN A BO

## ANGHARAD PRICE

y Lolfa

Argraffiad cyntaf: 2024
© Hawlfraint Angharad Price a'r Lolfa Cyf., 2024

*Mae hawlfraint ar gynnwys y llyfr hwn ac mae'n
anghyfreithlon llungopïo neu atgynhyrchu unrhyw ran ohono
trwy unrhyw ddull ac at unrhyw bwrpas (ar wahân i adolygu) heb
gytundeb ysgrifenedig y cyhoeddwyr ymlaen llaw*

Cynllun y clawr: Dafydd Owain

Rhif Llyfr Rhyngwladol: 978 1 80099 385 3

Dymuna'r cyhoeddwyr gydnabod cymorth ariannol
Cyngor Llyfrau Cymru

Cyhoeddwyd ac argraffwyd yng Nghymru gan
Y Lolfa Cyf., Talybont, Ceredigion SY24 5HE
*e-bost* ylolfa@ylolfa.com
*gwefan* www.ylolfa.com
*ffôn* 01970 832 304

'A'r cwbl dan ryw awyr gyfareddol
sy'n troi'r moelni mawr yn fath o foethuster prin.'

W. J. Gruffydd, *Hen Atgofion*

*Nid pawb all ddweud eu bod yn byw yn nhŷ Dduw, ond mi ydw i. Yno y magwyd fi ac yno y bydda' i cyhyd ag y bydd yr arwydd 'Ar Werth' ar y tu blaen a'r adeilad yn gofrestredig.*

*Fel yr hed y frân, medd yr hen air. Ond cymaint cryfach a mwy urddasol ydi hediad cigfran. A does dim yn well gen i, ar ôl bod am sgawt dros Sir Fôn, na throi fy mhig tuag adref a hedfan dros y Fenai deg, awel môr Iwerddon dan fy adain a mynyddoedd Eryri'n orwel o'm blaen.*

*Dacw fo'r hen gapel yn codi i'w daldra o'r rhostir coch, y pentref (a alwyd ar ei ôl) yn ymestyn fel gwreiddyn o'i gwmpas. Mae'r lle'n prysur fynd â'i ben iddo, a dyna sy'n caniatáu i greadur fel fi hedfan i mewn ac allan trwy'r twll yn y ffenest a gwneud fy nyth ym meinciau'r galeri.*

*Dyma Gapel Bethel. Tŷ Dduw. Ac eto, enw merch fu arno ar lafar gwlad erioed. Does fawr neb yn cofio pam erbyn hyn. Ond mi wn i. Toedd fy hynafiaid yma? Hir cof cigfran. Ond does 'na neb erbyn hyn i'w weld yn malio am hanes yr hen le.*

*Oblegid tyfu, nid ymddangos, a wnaeth y capel hwn fel popeth dan haul. Ys dywed y sarff a'r sycamorwydden, planedig ydym oll. Mi adroddwn innau stori'r capel i chi petaem yn siarad yr un iaith. Fel pob hen bregethwr, mi gyfryngwn ros yr oesau i chi. Ond fel y mae pethau, does dim i'w wneud ond i chi ddychmygu'r geiriau sy'n fy nghrawc hen, yn aneliadau fy mhig ac yn siffrwd fy adenydd, y rhai sydd mor ddu ac amryliw â phriddoedd Rhos Chwilog.*

# CHWARAE
## 1799

# 1

Roedd oglau ffrwyth yn llenwi'r awyr. Teimlai Bo, petai'n cymryd brathiad o'r aer, y byddai wedi blasu afal. Roedd yr hydref ar ddod.

Brysiodd ar draws y cae a llenwi'r bwced â dŵr disglair y nant. Cwpanodd ei law a llepian y dŵr i dorri ei syched cyn troi'n ôl at y tyddyn, ei fraich yn crynu dan bwysau'r bwced, ei gerddediad cloff yn creu tonnau ar wyneb y dŵr. Erbyn cyrraedd y tŷ dim ond tri chwarter bwcedaid oedd ar ôl. Roedd rhaid i hynny wneud y tro am heddiw.

Dallwyd o am funud gan dywyllwch y tŷ, ond roedd gwadnau ei draed yn nabod pob ponc a phant yn y llechi. Roedd wedi gosod y cafn haearn o flaen y tân yn barod. Crynodd ei freichiau mewn gollyngdod wrth wagio cynnwys y bwced i'r cafn a gwrandawodd yntau ar sŵn y dŵr oer yn tincial ar y metel. Aeth rhyndod trwy ei gorff. Doedd 'na ddim gwres yn y tân ar hyn o bryd, dim ond mwg glas yn ffrydio trwy'r pilion tatws yr oedd ei fam newydd eu llwytho cyn gadael y tŷ.

Teimlodd Boas yn euog wrth gofio amdani. Roedd wedi dweud celwydd wrthi am y tro cyntaf yn ei fywyd. Ac am funud meddyliodd fod y mwg dig yn gwybod ei gyfrinach ac yn ei ddwrdio. Llosgodd yr euogrwydd yn ddau bigyn caled yn ei fochau, ac aeth y poethdra'n waeth pan gofiodd am y siom yn llais ei fam cyn ymadael:

'Ti 'di dal aflwydd ar dy stumog oddi ar rywun. Ond dyna ni, mae'r pethau 'ma'n digwydd. Mi fydd raid i mi drio dod i ben hebddat ti 'leni.'

Yntau'n gweld llygaid Twm ac Isaac yn lledu mewn siom am nad oedd o'n mynd. Hithau'n codi bys rhybuddiol ar y ddau fach:

'Mi fydd raid i chi'ch dau fach fihafio'ch hunain. Dim ond Megan fydd yno i'ch gwarchod chi, a finnau â chymaint i'w neud.'

Ond roedd wedi oedi wedyn a rhoi ei llaw ar ben Bo:

'Mi fydd 'na Ffair Gwylangal eto flwyddyn nesa. Swatia di rŵan nes down ni adra. Mi fyddi di'n well erbyn fory.'

Gan feddwl mai trist oedd o. Trist a phenisel – a sâl. Ond cydwybod euog oedd gan Bo. Bu bron iddo godi'r flanced dros ei ben i guddio'r gwrido.

A rŵan, wrth eu dychmygu'n mynd yn un haid swnllyd, flêr ymysg holl bobl y Rhos i ganol miri a thwrw'r dre, a'i fam yn gorfod gofalu am bawb heb ei help o, daeth teimladau cymysg i'w blagio. Wedi'r cwbl, nid dweud celwydd am ei fod yn ddrwg ac anufudd wnaeth o. Roedd o wedi aberthu. Roedd Ffair

Gwylangal yn un o uchafbwyntiau'r flwyddyn. Yn un peth roedd 'na afalau taffi i'w cael. A thaflu cylch. A chocyn hitio. A chychod bach. A tharo gordd i ganu cloch. A merched yn codi peisiau. A dynion yn piso ar ben stryd yn hollol ddigywilydd. A mynd i lawr i'r Cei i weld y morwrs yn cwffio. Heb sôn am y gwyddau...

Ond yn lle hynny, roedd o wedi dewis peidio mynd eleni. Er mwyn cael aros adref efo'i ffrind. Er mwyn cael diwrnod cyfan efo hi na châi byth fynd i nunlle. A hynny ar ddydd ei phen-blwydd yn ddeg.

Roedd wedi dewis aros adref efo Nelan. A dyna pam y gwnaeth ei hun yn sâl o fwriad.

Bu'n chwysu a chwydu tan oriau mân y bore. Tua hanner nos roedd 'na bethau wedi codi tuag ato yn y düwch – un llygad mawr, melyn yn rhythu a thyfu gan fwydo'i hun ar Bo. Y cegau danheddog yn brathu o bob cyfeiriad. Pethau ofnadwy felly. Yr unig beth wnaeth o oedd bwyta dyrnaid neu ddau o fwyar duon gwyrdd i gael poen bol, ond roedd popeth wedi brifo, ei ben, ei fol, ei gylla, ei din, popeth – i lawr hyd at fodiau ei draed. Rywbryd yn oriau mân y bore roedd wedi dechrau crio efo'i fam. Bu ond y dim iddo gyffesu'r cwbl.

Ond wrth i'r wawr dorri a golau'r dydd lasu'n araf dros waliau'r tyddyn, ciliodd y poen bol a'r chwydu. Tawelodd y cnoi yn ei gylla. Oerodd y dwymyn. A diflannodd y bwbachod. Ac er nad oedd cweit yn holliach o hyd, teimlai y byddai'n iawn i fynd i chwarae. Roedd angen iddo olchi'i hun yn lân – dyna i gyd. Sgwrio'r salwch o'i gyfansoddiad.

Syllodd yn ddigalon i'r ffenest rewllyd o ddŵr ar waelod y cafn haearn. Mi fyddai angen iddo fod yn ddyn cyn camu mewn i hwnna. Cnodd ei wefus. Tynnodd ei grys nos drewllyd. Ac o'r diwedd camodd yn benderfynol i'r bath.

Saethodd yr oerni i fyny'i goesau a bu bron iddo weiddi mewn poen. Gorfododd ei hun i lawr a glanio ar ei ben-ôl yn llyn yr iasau, yr oerfel yn brathu'r mannau tendar rhwng ei goesau. Caeodd ei freichiau o gwmpas ei bengliniau i reoli'r cryndod. Ymhen munud neu ddau magodd ddigon o blwc i siglo'n ôl a blaen yn y dŵr ac estyn am sebon. Munud arall a gallodd sgrwbio'i hun â'r cadach.

Erbyn dod allan roedd o'n sgleinio fel swllt. Safodd ar lawr y gegin, ei ddannedd yn clecian. Roedd ei gnawd yn llosgi'n binnau bach i gyd, ond wedi iddo'i sychu ei hun â'r lliain bras a gwisgo'i grys a'i fritshys gorau, teimlai fel newydd. Ac oedd, roedd hyd yn oed y tân wedi dod ato'i hun ac yn rhyw how gymeradwyo, gan boeri a thagu trwy'r startsh. Chymerodd Bo ddim sylw ohono. Pwy oedd angen tân beth bynnag?

Rŵan, ac yntau'n lân ac yn rhydd o wendid y nos, daeth holl gyffro'r dydd yn sydyn i'w gynhyrfu. Y diwrnod cyfan, crwn iddo fo'i hun yng nghwmni Nelan. Neb i darfu. Neb i fusnesu. Y hi a'r rhos ac yntau.

Brysiodd i glirio'i olion. Sychu ôl y gwlych a adawodd ei draed ar y llawr. Rhoi'r lliain i gadw ar fachyn. Agor drws y tŷ a bustachu allan dan gario'r cafn. A chyda hynny o nerth oedd ganddo, taflu'r swilion budr dros y gwrych gyferbyn. Doedd dim golwg o'i afiechyd yn y dafnau clir.

Yn ôl yn y gegin pinsiodd ei drwyn â'i fys a'i fawd cyn llowcio'r ffisig, cymysgedd anghynnes o wynwy a halen. Llithrodd y slafan afiach i lawr ei gorn gwddw. Sychodd ei wefus â chefn ei law, taflu un cip olaf o gwmpas y tŷ i sicrhau bod yna drefn ar bopeth, cyn cyflawni cam olaf ei gynllun.

Torchodd ei lawes, ac yn araf a phwyllog gyrrodd ei law i'r gist flawd, gan ymbalfalu. O'r diwedd, daeth i gyffyrddiad â'r afal. Teimlodd y croen tyn, caled dan ei fysedd. Caeodd ei law am y ffrwyth a'i dynnu allan, gan roi tap iddo ar ymyl y gist i gael y blawd oddi arno.

Oedodd ar garreg y drws i roi sglein ar yr afal trwy ei rwbio yn erbyn brest ei grys. Bu'r ffrwyth tlws yn werth pob eiliad o'i fenter. Roedd o wedi sleifio i'r berllan tra câi Mr Ellis y ciwrat ei fygyn, dringo fel gwiwer i ben y goeden, un plwc bach sydyn, a dyna'r afal yn syrthio'n goch a chrwn ac esmwyth i'w ddwylo. Yn anrheg pen-blwydd perffaith i Nelan.

Meddyliodd amdani'n cymryd y cnoad cyntaf ac yn blasu'r sudd yn felys, felys ar ei thafod. Mi fyddai'n trio diolch iddo a'i cheg yn llawn. Ac wedyn mi fyddai'n chwerthin.

Doedd o ddim yn teimlo'n euog am ddwyn er ei mwyn hi. Roedd hi'n haeddu cael rhywbeth da i'w fwyta ar ei dydd arbennig. Ac roedd gan y ciwrat gant a mil o afalau.

Nelan oedd ei ffrind. A fo oedd ei ffrind hithau.

Felly, cychwynnodd ar ei daith tuag ati. Rhag ofn ei bod yn laru aros amdano. Rhag ofn iddi fynd i grwydro, a'i phen yn y cymylau, fel y gwnâi weithiau.

Ond am un tro olaf daeth â'r afal at ei wefus. Roedd ei oglau yr un fath yn union ag oglau'r aer. Gwenodd Bo. Roedd y tymor o'u plaid. Ac felly gwthiodd y ffrwyth i boced ei fritsh a chychwyn tua gwaelod y rhos i weld ei gariad.

# 2

Rhech hir a tharanllyd o din ei thad a'i deffrôdd hi, a doedd hynny'n ddim byd newydd. Rhaid bod Harri wedi'i ddeffro'i hun yr un pryd. Dechreuodd duchan. Ymhen ychydig rowliodd ei gorff oddi ar y rhedyn a glanio ar ei wyneb ar lawr y tŷ dan regi. Caeodd Nelan ei llygaid. Doedd hi ddim am iddo weld y gwynion yn disgleirio yn y mwrllwch.

Clustfeiniodd arno'n symud oddi wrthi, ac yn y man, pan farnai ei fod hanner ffordd ar draws y llawr, mentrodd sbecian. Yn y llafn o olau dydd a sleisiai drwy dwll y to edrychodd arno'n cropian, ei law yn chwifio o'i flaen fel corn pry lludw wrth iddo ymbalfalu am ei glocsiau. Ymhen ychydig clywodd sŵn ceiniogau'n tincial ym mlaen un glocsen wrth i Harri roi sgwd iddi. Pres gŵydd Gwylangal Nain. Gwyliodd o'n gwthio'r clocsiau o'i flaen tuag at y drws, yn dal ar ei bedwar ac yn taflu cip arswydus bob hyn a hyn tuag at y wal lle'r oedd ei fam yn cysgu mor llonydd â chorff marw – ei thalcen rhychlyd yn sgleinio yn y llwydedd. Roedd hi'n chwyrnu'n dawel.

Yna syllodd Nelan ar ei thad yn sgrialu ar hyd y llawr pridd at raffau'r drws ac yn llithro trwyddynt mor ddistaw â neidr ddefaid. Roedd yn falch o'i weld yn mynd.

Yn y man, ac olion Harri'n dal i bantio'r rhedyn wrth ei hymyl, oglau'i rech yn dal i suro'r awyr, paratôdd Nelan ei dihangfa ei hun. Croesodd y llawr ar ysgafn droed. Roedd y silwét cul yn dal yn llonydd, y trwyn yn codi fel clogwyn o'r gorchudd sach a'r geg bellach ar led, fel petai rhywbeth wedi synnu'r hen wraig. Nain druan. Roedd hi'n iawn pan oedd hi'n cysgu.

Cydiodd Nelan yn ei brat a orweddai'n dwmpath wrth y drws, a heb oedi rhagor gyrrodd ei hun trwy'r rhaffau brwyn ac allan i'r bore newydd.

O flaen y drws safodd yn llonydd. Daliodd ei gwynt. Dim smic. Gwenodd.

A dyna hi'n rhydd i fynd i chwarae! Gwisgodd ei brat ar frys, cyn taflu ei phen yn ôl i hel y gwallt oddi ar ei hwyneb. A heb aros i chwilio am fwyar duon nac eirin perthi i frecwast, rhoddodd hop a sgip a naid a chychwyn at ei man cyfarfod hi a Bo, gan ddychryn haid o adar to oedd ar ganol llnau eu plu o flaen Tŷ Copyn.

Y pethau bach gwirion, meddyliodd wrth wrando ar yr adenydd bach yn clebran. I be maen nhw'n dychryn bob tro dwi'n pasio?

Roedd ei ffau hi a Bo wedi'i lleoli ychydig lathenni y tu hwnt i'r bwthyn, ar gwr y darn bach o dir a alwai Nain yn 'libart' ac oedd yn eiddo iddi hi, er na wyddai neb yn hollol siŵr sut y daeth dynes mor dlawd i feddiant tŷ a thiriogaeth. Cyn hir baglodd Nelan i stop o flaen llwyn anghyffredin yr olwg, draenen wen yn wreiddiol, ond iddi unwaith, mewn oes a fu, ildio i goflaid eiddew ac i hwnnw dros y blynyddoedd ymdroelli am foncyff y ddraenen a phesgi arni, nes troi'n sarff fawr dew o bren o'i chwmpas. Yn wir, o edrych ar yr eiddew a'r ddraenen erbyn hyn doedd dim yn dod rhyngddynt. Un deubren hynod oedd yno, ac aeron y ddraenen heb fod yn goch fel y dylent fod, ond yn hytrach yn belenni gwyrdd golau yr eiddew, tebyg i bennau angylion, a'r rheiny wrthi'n duo ac yn chwyddo yr adeg hon o'r flwyddyn, yn barod at y gaeaf.

Yma, felly, wrth libart Tŷ Copyn, y gwnaeth y ddau fach eu cuddfan. Roedd ymarferoldeb Bo wedi eu helpu i adeiladu'r ffau, a dychymyg Nelan wedi ei ddodrefnu. Siwtiai'r lle nhw i'r dim, yn ddigon agos i'r tŷ i glywed Nain yn bloeddio ond yn ddigon cudd i fod yn ddirgel – a'u gwarchod rhag achwyn y cymdogion. Cuddiai llwyn o redyn tal y fynedfa, ac o dreiddio trwy hwnnw roedd dau neu dri llwyn eithin yn ffurfio math o bont neu dwnnel a rowndiai'n ôl yn y pen draw at y ddraenen-eiddew. Yn gylch yn y canol, rhwng y tyfiant i gyd, roedd gwagle bach diddos, a hwnnw oedd eu ffau, yn noddfa iddynt drwy wynt, glaw neu hindda.

Er nad oedd o'n fawr o le, eu lle bach nhw oedd o. Yn gaer, yn blasty, yn goetsh fawr neu'n llong – roedd yno bopeth i'w diwallu. Cerrig yn gadeiriau. Un o wreiddiau nobl y ddraenen yn fwrdd bwyd solet. Mwsog yn fara. Gwlith yn win (i'w yfed o ddail y geiniog), a brigau'n fforc neu gyllell. Adeg blodeuo'r eithin roedd ffaglau di-ri yn goleuo'r lle a phersawr mêl yn ei lenwi.

Roedd Nelan wedi cynhyrfu heddiw, a bwriodd ei hun braidd yn fyrbwyll trwy'r rhedyn nes y treiddiodd y gwlith trwy ei brat a'i ffrog denau. Rhegodd. Roedd hi'n wlyb at ei chroen yn barod. Gyrrodd ei chorff bach gwydn yn ei flaen, ond – oedd hi wedi tyfu, tybed, wrth droi'n ddeg oed? – methodd wyro'i phen mewn pryd a chafodd grafiad yn ei boch gan bigau'r eithin. Rhegodd eto. Wedi brifo'n barod! Baglodd ymlaen, gan lanio o'r diwedd ar lawr y guddfan.

Cododd ar ei heistedd dipyn yn chwil. Doedd Bo ddim wedi cyrraedd. Teimlodd ei boch â'i llaw a llyfu'r gwaed oddi ar ei bysedd. Roedd o'n blasu'n dda. Cymerodd un o'r dail tafol a dyfai rhwng y cerrig a rhoi slempan i'w hwyneb â'r ddeilen laith oer. Roedd yn deimlad mor braf, symudodd ymlaen at ei choesau a'i phengliniau, ei dwylo a'i breichiau, gan estyn am un ddeilen ar ôl y llall nes bod y glustog braf o ddail a fu yno gynt wedi'i sbydu'n ddim ond sgerbwd o goesau.

Edrychodd mewn siom ar y gornel wag lle buont yn tyfu, gan obeithio na fyddai Bo'n sylwi.

Penderfynodd dacluso'r tŷ i wneud iawn am ei blerwch. Hel y pridd a'r deiliach oddi ar y bwrdd a'r seddau. Sythu'r talpiau cnu a hongiai'n llenni les oddi ar y brigau. Sgubo'r llawr â chefn ei throed. Ac ar ôl gorffen hynny, er mwyn pasio'r amser nes dôi Bo, dechreuodd gyfri'i bysedd, o un i ddeg yn union fel y dysgodd o iddi, gan symud wedyn at ei bodiau.

Ond lle'r oedd o mor hir yn dŵad? Dechreuodd anniddigo. Hiraethai amdano erbyn hyn, ei lygaid tywyll, ei chwerthin parod, a'r hwyl y bydden nhw'n ei gael efo'i gilydd, yn deall ei gilydd i'r dim. Poenai hefyd y byddai Nain yn deffro a dechrau gweiddi arni i ddod i'r tŷ i wneud ei thasgau. Yr un hen bethau bob dydd. Gwneud uwd a'i rofio i'w cheg hi. Hel coed tân. Nôl y dŵr o'r ffos. Hyn a llall ac arall. Roedd Nelan wedi laru ar y cyfan.

Daeth syniad ofnadwy i'w phen. Oedd Bo wedi torri'i air a mynd i'r ffair, wedi'r cwbl? Roedd y peth yn anodd ei gredu. Ond... oedd 'na rywun wedi mynd dros ei ben o? Ei fam wedi'i orfodi o i fynd? Fyddai hi ddim yn synnu.

Teimlodd ei hysbryd yn plymio. Syllodd yn dorcalonnus ar y garreg wag gyferbyn â hi lle'r eisteddai Bo fel arfer. Cododd lwmpyn mawr i'w gwddw. Teimlodd ddagrau'n pigo. Mor hyll oedd y gadair heb Bo! Mor wag. A'r hen gen afiach 'na a dyfai drosti'n grystiau lliw melynwy budr.

Taflodd ei hun ar ei phengliniau a gyrru ewin ei bawd i mewn i'r cylch agosaf. Aeth y crystyn caled dan ei hewin a threiddio i'r byw. Rhegodd eto. Dialodd arno trwy ddod â holl ewinedd eraill ei dwylo i'w helpu. Crafodd a chrafodd, y staen dan ei hewinedd yn tyfu, a chyn hir, roedd pob cylch o gen wedi'i grafu'n lân oddi ar y garreg a Nelan yn eistedd yn ôl i edmygu ffrwyth ei llafur. Ond... yn lle'r llyfndra glân a ddisgwyliai, gwelodd olion seimllyd y cen fel brech ar draws y garreg. Trodd i ffwrdd mewn gofid.

O, roedd hi wedi gwneud llanast! Chwalu'r dail tafol i ddechrau. Yna dinistrio cadair Bo. Roedd wedi difetha popeth.

Cododd ar ei thraed. Roedd angen iddi adael y ffau cyn iddo ddŵad. Gwthiodd ei hun yn ôl trwy'r drysni, yr eithin yn cribinio'i chroen, ei brat yn rhwygo. Lle'r wyt ti mor hir, Bo? meddyliodd. A pham na ddest ti'n gynt, cyn imi neud y llanast?

A chyn hir, ar ben pob dim, mi fyddai Nain yn taranu.

O, ac roedd arni eisiau bwyd na fu erioed y ffasiwn beth.

'O, Mami bach,' sibrydodd mewn anobaith. 'Pam na

cha' i ddŵad atat ti am heddiw? Mi fysa hynny'n llawer gwell na bod ar ben 'yn hun i lawr yn fama.'

Petai ond wedi taflu cip bach sydyn i fyny'r lôn a thua'r rhos, mi fyddai wedi gweld Bo'n dod ati.

Galwodd arni'n hapus:

'Nelan!'

Ond doedd hi'n clywed dim, ei meddyliau ymhell i ffwrdd yn rhywle.

'Nelan!'

Hithau'n troi o'r diwedd.

'Be sy, Nel?' holodd Bo. 'Wyt ti 'di bod yn crio?'

'Naddo. Pry sy 'di mynd i'n llygad i.'

'Ac mae gin ti flodau eithin dros dy wallt ym mhob man!'

'Mae'r rheina i fod yna. Trimins ydyn nhw. Trimins pen-blwydd.'

Taflodd ei phen yn ôl yn heriol:

'Lle ti 'di bod beth bynnag? Dwi 'di bod yn disgwyl a disgwyl ers oriau ac oriau.'

'Wyt ti?'

'Lle oeddat ti mor hir?'

Ac aeth yn ei blaen heb ddisgwyl ateb.

'A pham est ti hebdda' i?'

'I lle?'

'I'r ffair. Ar ôl i chdi addo peidio!'

'I'r ffair? Ond – dim ond yn fan'cw o'n i,' mynnodd

Bo, gan godi'i law tuag at y rhos y tu cefn iddo. 'Mi gesh i 'nal yn ôl wrth y coed.'

Syllodd yn ddiddeall ar yr olwg gyhuddgar a thrist oedd arni. Nid dyma'r dechrau a ddisgwyliodd i'w dydd. Pendronodd Bo beth allai fod wedi'i wneud o'i le. Roedd yn wir iddo fod braidd yn hir yn cyrraedd. Rhwng nôl y dŵr, a molchi, a gwisgo'i ddillad glân, a chlirio'i olion... Ac er bod popeth wedi mynd o'i blaid wrth groesi'r rhos, a neb o gwmpas i fusnesu a holi 'Lle ti'n mynd ar ffasiwn frys, Bo bach?' na gofyn 'Be sy mor bwysig, washi?', ac er ei fod wedi teimlo fel brenin Rhos Chwilog wrth neidio dros y brwyn a'r ysgall a'r pyllau dŵr heb fod ei goes yn brifo, a halio'r rhos fel clogyn am ei ysgwyddau a'i thynnu i'w ganlyn wrth fynd yn ei flaen, roedd yn wir ei fod wedi cael ei ddal yn ôl serch hynny.

Gan angel.

Do, syrthiodd angel ar ei ben o dan y coed acw.

Roedd wedi teimlo'r cwymp yn bendant. Rhywbeth yn glanio yn ei wallt, rhywbeth trwm ac ysgafn yr un pryd. Ac i ddechrau ofnai godi'i law i'w deimlo. Ofn cael ei bigo. Ond yr un pryd, gwyddai nad pry na gwenyn meirch na cholyn llwyd oedd yno. Doedd yna ddim cyffro. Dim ond y peth 'ma yn ei wallt – yn anadlu. Neu'n gwneud rhywbeth tebyg i hynny.

Roedd wedi magu digon o blwc yn y diwedd i blannu'i

fysedd i mewn a thynnu'r peth sych a chaled allan. A dyna pryd y gwelodd mai hedyn oedd o. Dim byd ond hedyn sycamorwydden! Un o'r cant a mil o hadau siâp clust yna a syrthiai i lawr yr adeg hon o'r flwyddyn, a chithau'n medru eu taflu'n ôl i fyny dim ond i'w gweld yn troi a throi wrth ddisgyn eto.

Ond roedd hwn yn wahanol oherwydd roedd ganddo ddwy adain. A dau ben. Ac roedd y ddau ben yn sownd yn ei gilydd. A dyna pam y syrthiodd o i'w wallt. Achos roedd yr hedyn hwn, am ei fod yn ddau hedyn mewn un, yn methu hedfan. Roedd o *yn* hedyn anghyffredin felly.

Ac ar ôl ei edmygu am dipyn bach, a'i ddal rhyngddo a'r haul i weld patrwm prydferth y gwythiennau mân yn yr adenydd, a theimlo mor galed oedd y ddau ben, ac mor fregus ac eto mor bwysig oedd y llinell a'u cydiai'n sownd yn ei gilydd, roedd wedi penderfynu ei gadw. Roedd wedi ei ollwng i boced cesail ei grys, ac wedi penderfynu ei roi yn anrheg pen-blwydd i Nelan.

Ond sut oedd esbonio hyn i gyd iddi rŵan, a hithau'n sefyll o'i flaen yn llyncu mul ac yn gandryll o flin am rywbeth? Sut oedd esbonio ei fod yn hwyr ar gownt rhyw hedyn?

Agorodd ei geg. Ond yn lle ei lais ei hun, daeth sgrech ofnadwy allan ohoni. Crawc erchyll. Sŵn hen wraig mewn trybini.

'Nelaaan! Ty'd ad----ra!'

Syllodd y ddau ar ei gilydd.

'Nain,' llyncodd Nelan ei phoer.

'Be nawn ni?' meddai Bo. 'Awn ni i'r ffau i guddiad?'

'Fedrwn ni ddim mynd i fan'na!' Daeth pryder i lygaid Nelan a lliw i'w bochau. 'Mae 'na rywun 'di bod yna. Mae'r lle'n draed moch i gyd. Pob dim wedi'i sbwylio!'

'Rhywun wedi bod yna?'

Amneidiodd Nelan.

'Y Diafol, saff i chdi.'

Daeth braw i wyneb Bo.

'Mae o 'di dŵad yn fuan,' esboniodd Nelan.

O'r ochr bellaf i'r libart daeth bloedd hir arall:

'Nelaaan! Gnawas bach! Dwi'n llwwwgu!'

'Dos di ati,' plediodd Nelan. 'Plis, Bo. Deud wrthi... bod y Diafol wedi 'nal i. Ac na fydda' i adra tan tuag amsar swpar, o leia.'

'Ond dwi'm isio mynd ati,' protestiodd Bo.

Roedd arno ofn ei llygaid rhew hi. A'i thafod a oedd fel chwip o greulon.

'Mi a' i i'r Gors i witsiad,' meddai Nelan heb wrando arno.

'Ond Nelan, dydan ni ddim i fod i fynd i'r Gors!'

'Dos, Bo! Chawn ni byth lonydd os na chaei di ei cheg hi.'

'Nelan, paid â mynd i'r Gors.'

Ond roedd echel ei hysgwydd yn troi. Trwch ei gwallt modrwyog du yn dod i'r golwg. Ceisiodd alw arni eto i ddod yn ôl. Ond roedd bloeddiadau Besi'n boddi'i lais. A Nelan bellach ar ei ffordd – fel cath i gythraul – i'r Gors beryglus.

Yn ddigalon, trodd Bo i wneud ei ddyletswydd a gwarchod Nelan. Camodd yn betrus at y tŷ. A dyna lle'r oedd hi, yn sefyll o flaen Tŷ Copyn, ei gwar yn grwm fel hen grëyr glas a'i gên yn pigo'r awyr.

'Pwy sy'n dŵad? Tyddyn Andro, chdi sy 'na?'

Daeth sŵn brochi o drwyn yr hen wraig, a hithau'n synhwyro'i nesâd. 'Ti 'run ogla â dy dad yn union.'

Gwyliodd Bo mewn arswyd wrth i'w hunig ddant ddod i'r golwg, a hwnnw'n croesi affwys ei cheg fel rhyw hen bompren gam, bydredig.

'Ti'n meddwl nad ydw i'n dy weld di am nad ydi'n llygid i'n gweithio? Os wyt ti'n chwilio am Nelan, dydi hi ddim yma. Mi geith hi flas y wialan fedw pan ddoith Harri adra. Deud hynny wrthi, os gweli di hi.'

A'i lais yn crynu meddai Bo:

'Dwi 'di dod i adael i chi wbod... bod y Diafol...'

'Y Diafol be?'

'Bod y Diafol wedi cael gafael ar Nelan.'

Am funud tawodd Besi. Yna meddai mewn islais:

'Y Diafol? Wedi cael gafael yn Nelan?'

Ac yn sydyn, chwarddodd yn uchel.

'Rŵan ti'n sylwi, washi?'

Gwasgodd ei migyrnau i'w hochr fel petai'r chwerthin yn boendod iddi.

'Mae hwnnw 'di cael gafael arni ers blynyddoedd, washi bach. Ers diwrnod ei geni. Oeddat ti heb sylwi? Dydi'r hogan yn ddim byd ond lwmpyn o ddrygioni. Rŵan,' crymodd tuag ato, gan ostwng ei llais, 'sgin ti rwbath fedar hen wraig ddall fel fi ei gael i fyta? Mi fedra' i glywad oglau rwbath yn dy drywsus di.'

Agorodd ei cheg ar led o'i flaen. Yna rhoi clep iddi ar gau. Ei hagor eto. Cau. Agor. Cau. Syllodd Bo i'r ogof ofnadwy. Roedd Besi'n llowcio'r bore. Cyn hir byddai'n llowcio'r dydd i gyd, ac wedyn byddai'n ei lowcio yntau.

Roedd yn rhaid iddo gau'r geg 'na. Dyna ddywedodd Nelan. Ac felly, heb wybod beth arall i'w wneud, tyrchodd ym mhoced ei fritsh am yr afal. A chydag un symudiad ffyrnig gwthiodd y ffrwyth i gôl Besi. Gwelodd y bysedd cnotiog yn cau am y cochni, yr afal yn cael ei ffroeni, ac o fewn chwinicad roedd y dant hir, melyn wedi'i wanu.

'Neith tro tan heno,' mwmialodd Besi, a sudd y ffrwyth yn tasgu dros ei genau. 'Ac os gweli di'r hogan 'na, deud y ceith y gnawas bach stid gan ei thad pan ddoith hi adra!'

# 3

Ffernols drwg, meddyliodd Harri a llygadu'r dynion. Rhaid i fi fynd o fan hyn!

Roedd wedi'i ddal yno'n groes i'w ewyllys. Un funud roedd o'n crwydro hyd y Cei yn hel atgofion am Onora. Y funud wedyn roedd wedi glanio ynghanol y giwed yma. A rŵan roedd o'n methu dod oddi yno.

Roedd y talwrn blêr wedi'i greu rywsut-rywsut o hen breniau llongau a'i lenwi â thywod. Teimlodd Harri ei hun yn cael ei wthio'n nes at y blaen, y dorf yn gwasgu o'r tu ôl iddo a rhes o blant wedi'u hel fel slafan anghynnes ar yr erchwyn. Roedd wedi trio dianc, wedi defnyddio'i ddwy benelin i dorri'i ffordd allan drwy'r dorf, ond gyrrodd rhyw labwst ei ddwrn mor ffyrnig i'w ochr nes ei blygu'n ei ddau ddwbl.

'Sa'n llonydd, y cnonyn uffar. Dwi'n trio gweld be sy'n digwydd!'

Roedd y ddau berchennog wrthi'n gwneud y paratoadau olaf, pennau'r adar ar goll dan eu ceseiliau a'r tinau pluog yn siglo'n gynhyrfus. A'i arswyd yn cynyddu, gwyliodd Harri nhw'n stryffaglio i glymu'r sbardunau yn eu lle, eu migyrnau'n gwynnu wrth iddyn nhw dynnu'r edau'n dynn am grafangau'r ceiliogod. Roedd hi'n hanfodol gosod y llafnau'n gywir. Sleisio'i gilydd roedd yr adar i fod i'w wneud, nid sleisio'u hunain.

Teimlodd Harri ei hun yn mygu. Ceisiodd ofyn am gael dod yn rhydd ond doedd neb yn gwrando, neb am ildio modfedd, ac erbyn hyn roedd llais y dyn-hel-betiau a thwrw'r pres yn cloncian yn y tun yn codi uwchlaw popeth arall:

'Dowch, hogia, ceiniog am y glas, tair am y du, thenciw, ceiniog-a-dima am y du, pwy sy nesa rŵan, dowch, be amdani, dwy geiniog am y du, thenciw mawr, tair arall am y du.'

Daliodd y ddau berchennog yr adar o'u blaenau, eu pigau bron yn cydgyffwrdd a'u llygaid melynion yn berwi.

'S'mudwch yn ôl, hogia! Bagiwch yn ôl rŵan! Digon o chwarae teg i'r adar.'

Modfeddodd y dorf yn nes. Roedd y gwres yn codi.

'Wan! Tw! Thri! And ffeit!'

Taflodd y perchnogion eu dwylo ar led a gollyngwyd y ddau geiliog at ei gilydd. Eiliad o lonyddwch – yr adar yn cael strach wrth sefyll, yn siglo'n feddw ar y llafnau pigfain, eu coesau'n troi bob siâp, eu hadenydd yn clecian. A rhai o'r plant yn eu dyblau'n chwerthin.

'Peidiwch!' gwaeddodd Harri yn ei ben. 'Peidiwch â bod mor wirion! Hedwch o 'ma! Hedwch o 'ma tra medrwch chi!'

Ond roedd y ceiliogod yn fyddar i bob dim ond pwmpio'r gwaed yng nghrib yr arall. Yn sgwario. Herio. Pigau'n picellu'r aer. Cribau'n ochrsgimio. Tagellau'n cwhwfan. Yn sydyn daeth sgrech annaearol wrth i'r ceiliog glaslwyd ledu'i big a dechrau chwipio'r llall yn ddidrugaredd â'i adenydd.

Roedd pethau'n cnesu, bois, roedd pethau'n cnesu!

Pan lamodd y ceiliog du i'r awyr meddyliodd Harri bod yr adar wedi clywed ei weddi. Ond i lawr y syrthiodd, i lawr y daeth y sbardunau dur gan hacio gwep y ceiliog arall. Ac yn lle tynnu'n ôl, cododd hwnnw tuag i fyny i gwrdd â'i gigydd. Sgrech o boen. Gwaniad creulon. Sbydodd y gwaed trwy'r awyr a glanio'n frech ar wynebau rhai o'r plant. Rhuodd y dorf mewn pleser.

'Yn ôl! Yn ôl! Pwl-bac! Pwl-bac!'

Torrodd llais y dyn-hel-betiau trwy'r cythrwfl. Doedd neb eisiau i'r hwyl ddarfod yn rhy fuan. Ochrgamodd y ddau berchennog i'r pwll i ddatod y ceiliogod oddi wrth ei gilydd. A'r cyfog yn codi i'w geg, rhythodd Harri ar y dynion yn magu'r adar fel babis, yn mwytho'r cycyllau, yn esmwytháu'r plu, a pherchennog yr un du'n tynnu plu glas o big ei aderyn. Pan drodd hwnnw ei ben daeth twll i'r golwg lle'r arferai'i lygad fod, ac afon o waed piws yn diferyd ohono.

'And ffeit!'

Pan gafodd y du ei ryddid am yr eildro dechreuodd

nadu'n iasol – fel petai'n synhwyro'i ddiwedd ei hun yn dod. Lledodd chwerthin nerfus trwy'r dorf, cyn tawelu wrth i'r glas ddechrau darnio'r ceiliog arall yn friwgig ulw.

Pharhaodd pethau ddim yn hir wedyn. Clec-clec-clec y pigau'n taro. Adenydd yn fflangellu. Crac-crac esgyrn mân yn torri. Yna: yr uniad terfynol. Pelen lasddu erchyll a honno'n troi a throelli, yn wylltach-wylltach o hyd, nes bod tywod yn tasgu, plu'n lluwchio, gwaed yn bwrw'n gawodydd. A thrwy'r cyfan roedd llafnau miniog y traed yn hacio a thafellu.

Erbyn hyn roedd y glas wedi colli'r awydd i drechu ac yn canu ei alarnad ei hun, yn gwneud ei orau i ddod yn rhydd o'r galanastra. Yn sowndiach, sowndiach yr aethant i'w gilydd. Un creadur byw oedd y ddau erbyn hyn. Un bwystfil gorffwyll, glasddu, ei ddeubig ar led, a'i waed yn llifo. Un darn o gig yn ei sleisio'i hunan.

Distawodd y plant yn raddol, ac ymledodd naws anniddig dros y Cei. Ceisiodd ambell un hel eu traed oddi yno. Ond anodd oedd gadael. Nid Harri'n unig oedd yn gaeth i'r talwrn.

'Pwl-bac! Pwl-bac!'

Roedd o bron â drysu. Yn sydyn, wyddai o ddim o ble, oni bai fod Onora efallai'n ei helpu, teimlodd ryw nerth arallfydol yn ei lenwi. Y peth nesaf a wyddai oedd ei fod yn codi oddi ar y ddaear ac yn hyrddio'i hun i mewn i'r pwll i ganol y frwydr. Glaniodd ar ei wyneb yn y tywod, a dechrau cropian ar ei bedwar at yr adar, a phan gyrhaeddodd y ceiliogod, plannodd ei ddwylo ynghanol y cwlwm gwyllt a hollti'r bwystfil yn ddau hanner.

'Hedwch! Hedwch o 'ma, y pethau gwirion!'

Ond teimlodd ei ddwylo'n cael eu malu gan y llafnau dur. Lleisiau'n ei alw'n bob enw. Coc oen. Sbrych. Llinyn trôns anghynnas. Yna daeth rhywun a'i lusgo gerfydd ei gôt o'r talwrn.

Ond doedd dim ots gan Harri Mul, gwarchodwr creaduriaid y maes ac adar yr awyr. Roedd wedi gwneud ei waith. Wedi troi'r ceiliogod yn rhydd. Wedi sbwylio hwyl y dynion.


Deffrôdd yn y man a'r haul yn peltio'i dalcen. Ceisiodd gofio lle'r oedd o. Roedd ei grys yn wlyb a rhywbeth reit agos ato'n drewi. Pan gododd ar ei eistedd, sylweddolodd mai fo ei hun oedd perchennog yr oglau. Roedd rhywrai wedi piso a chachu ar ei ben tra bu mewn llewyg.

Pan gâi afael ar y plant, fe'u stidai.

Herciodd yn glwyfus at y Maes, ond roedd y farchnad bron â darfod. Syllodd ar y sêr o gachu gwartheg dros y lle, y pyllau melyn a phlu gwyddau ynddyn nhw'n hwylio fel llongau carpiog. O flaen drws y Morgan

Lloyd roedd 'na griw o ddynion wedi ymhél. Cadwodd Harri i ffwrdd oddi wrthynt. Roedd un gurfa mewn diwrnod yn ddigon.

Aeth ei geg yn sych pan sylweddolodd nad oedd gwyddau ar ôl i'w prynu. Fe'i câi hi pan âi adref. Roedd ei fam wedi bod yn hel ei phres ers blwyddyn.

Trodd i ffwrdd yn ddigalon. Cysidrodd am eiliad fynd i foddi'i hun yn nŵr budr yr Abar, ond yr eiliad honno, ac yntau'n anobeithio, daliwyd ei lygaid gan fflach o rywbeth purwyn yn sgleinio lle'r ildiai'r Maes i'r llethr. Safodd yn stond. Yno'n sefyll roedd yr ŵydd fach dlysaf erioed a honno'n syllu'n syth tuag ato. Ei phlu gwyn fel eira. Ei phig yn lliw machlud haul. A'i llygaid? Fel môr ar ddiwrnod heulog. Yr un glas yn union â llygaid Onora.

Gwthiodd ei ffordd tuag ati fel dyn wedi'i swyno – heb sylwi ar hwn-a-hwn neu hon-a-hon yn dal eu trwyn wrth iddo basio ac yn pwyntio mewn atgasedd tuag ato. Pan aeth yr ŵydd o'i olwg am funud (y tu ôl i fol ei pherchennog), cynhyrfodd a cheisio tynnu'i glocsen i ffwrdd gan ddal i gerdded yr un pryd. Baglodd a glanio ar ei hyd wrth draed y gwerthwr.

'Faint dachisio amdani?'

Ond roedd y gwerthwr yn syllu'n hiraethus tua'r Morgan Lloyd.

'Faint dach chi isio amdani?'

'Asu gwyn! Be ydi'r gweiddi mawr 'ma?'

Trodd y dyn yn ddirmygus at yr ewach o beth a gowtowiai o'i flaen. Daeth tro aflednais i'w wefus. Rhoddodd blwc caled i'r rhaff nes bod pig yr ŵydd yn taro deuddeg.

'Cheith hon ddim ond mynd i'r cartra gora,' meddai, a dechrau brolio bod yr ŵydd wedi'i magu ar sofl Sir Fôn a bod ei thraed wedi'u pitshio.

'Mi gewch chi 'mhres i gyd,' plediodd Harri, gan ddal ei law dan enau'r dyn, a'r ceiniogau'n draenogi ohoni.

Roedd oglau'r cwsmer yn afiach. Ac eto, doedd 'na neb arall eisiau hon, yr hen sgragan leuad-wan ag oedd hi, a wnelo'r miri a'r straffîg o'i chario'n ôl yr holl ffordd ar y cwch i Niwbwrch...

'Hwda,' meddai'r perchennog yn y diwedd. 'Dos â hi ta'r bastyn budur.'

Sodrodd ben y rhaff yn llaw y llall a restio'r pres o'i ddwylo.

Pan gofleidiodd Harri'r ŵydd, styrbiwyd y fechan. Dechreuodd ysgwyd yn rhwyfus yn ei freichiau a honcian yn uchel. Ond tynnodd Harri hi'n dynnach ato a sibrwd geiriau tyner yn ei chlust. A phan ddaeth ei phig i lawr yn galed ar ei drwyn a gwneud iddo waedu, a'r bobl o'i gwmpas yn rowlio chwerthin, ni chynhyrfodd Harri. Yn hytrach, caeodd ei ddwrn yn dyner am ei phig a phlygu'i hadenydd dan ei gesail.

'Ty'd o'r twll lle 'ma, 'nghyw i,' sibrydodd wrthi.

Mor braf i'r ddau oedd cael gadael twrw'r Maes a chilio i stryd fwy preifat. Erbyn hyn eisteddai'r ŵydd yn fodlon ddigon yng nghôl ei phrynwr gan chwifio'i phen fel baner dros ei ysgwydd. Câi yntau fodd i fyw yn teimlo'i thraed yn padlo ar draws ei fol yn fodlon. Mi gariai hon yr holl ffordd adref i Ros Chwilog, pitsh ar ei thraed neu beidio. Roedd y beth bach wedi cerdded digon am un diwrnod.

Daeth i stop dan y Cloc Mawr am fod rhywbeth yn pigo rhwng ei fodiau. Pan chwiliodd y tu mewn i'w glocsen, gwelodd fod ceiniog sbâr wedi mynd yn sownd rhwng bodiau ei draed, a thynnodd hi'n syfrdan allan. Roedd hyn yn argoel ardderchog – roedd popeth yn mynd o'i blaid heddiw. Gwenodd yn llydan a gofyn i'r ŵydd:

'Ty'd, yr hen Dinwen. Awn ni am ddropyn i ddathlu?'

A seiniodd yr ŵydd ei hutgorn i'w ategu.


Daeth dŵr i ddannedd Harri wrth wylio'r cwrw'n dod o jwg yr hogan. Doedd o ddim wedi bod mewn tafarn ers talwm. Ni fyddai'n meiddio. Ond ei lwc o oedd dod o hyd i'r pres yna heddiw, a fyddai'i fam ddim callach, felly gosododd ei geiniog o flaen yr hogan yn dalog.

'Chei di ddim byd am hynna,' meddai honno'n ddirmygus.

'Mi gyma' i be ga' i,' meddai Harri'n jarff i gyd.

Gwagiwyd hanner y cwrw'n ôl i'r jwg, a chariodd Harri ei botyn hanner gwag i'r gornel. Yfodd lymaid ei hun i ddechrau. Yna daeth cyfle Tinwen. Gan guddio'i llygaid, tywysodd ei phen i lawr tua'r ddiod gan deimlo'r gwddw cyhyrog yn stiffio'n ei erbyn. Ond daliodd Harri i bwyso serch hynny (roedd ganddo ffordd gydag anifeiliaid), a daeth â'i cheg o'r diwedd at yr erchwyn. Yna – hwth sydyn – a throchwyd pen Tinwen yn y cwrw coch.

O, roedd hi'n gyffro i gyd! Yn sblasio ac yn sbydu nes bod tonnau'n cynhyrfu wyneb y ddiod. Cyn hir, a hithau'n cael blas ar yr hops a'r burum, drachtiodd yn awchus nes bod y cwrw'n prysur ddiflannu.

'Hei, gad dipyn bach ar ôl i fi!'

Pan aeth Tinwen yn gysglyd, a dechrau plygu ei gwddw gosgeiddig yn ôl arno'i hun a chladdu ei phlu yn y glustog, cychwynnodd Harri ar ei daith tuag adref. Penderfynodd ddychwelyd ar hyd y lôn bost a ddilynai lannau'r Fenai heddiw. Er bod honno'n hirach ffordd, câi'r ddau ohonynt lonydd rhag trigolion busneslyd Rhos Chwilog. Ac roedd gobaith, wrth gwrs, y gwelai Onora rywle ar y traethau gwyllt, ac y câi sôn wrthi am ei ddiwrnod.

Teimlai'n hapusach nag a wnaeth ers blynyddoedd. Yn goron ar y cyfan roedd ganddo Tinwen yn gwmni. Yn dalp o harddwch Onora. Amheuai fod eu dod ynghyd rywsut wedi'i dynghedu.

'Cysga di, 'mach i,' sibrydodd, a'i ên yn cwympo tuag ati. 'Mi fyddwn adra 'mhen yr awran.'


Yng nghyffiniau Llanfair-is-gaer oedodd wrth Ffynnon Fair i olchi'i geg o'r oglau a chnoi tamaid o fintys dŵr i orffen y joban. Yna trodd at y ddringfa serth o'i flaen cyn cyrraedd adref. Suddodd ei galon. Rhiw arall eto. Roedd ei ben a'i goesau'n brifo wedi'r grasfa.

Clunherciodd yn ei flaen gan ddod i olwg y mynyddoedd. Rhegodd nhw'n galed. Cadwyn haearn ei fod. Waliau ei garchar. A rhyngddo a'r rheiny, y bastad rhos yna, yn dalp o dragwyddoldeb.

Pa bryd ddaw hyn i ben? myfyriodd, gan syllu'n benisel y tu hwnt i blu'r aderyn. Y ddwy 'na yn y tŷ. Nhw a'u heisiau parhaus, eu boliau diwaelod.

Roedd ei fam yn hen, meddyliodd, mewn ymdrech i'w gysuro'i hun. Cyn hir, byddai hi'n marw.

Y fenga' oedd y drwg.

Daeth tro i'w berfedd.

Pan âi ei fam, i'r diawl â'r hogan wedyn.

# 4

Yn ddyfnach ac yn ddyfnach i'r Gors yr aeth y ddau fach, eu pennau golau a thywyll yn fflachio dan haul mis Medi. Rhedeg. Llamu. Chwarae. Canu. Roedden nhw wrth eu bodd yng nghwmni'i gilydd, ac roedd cymaint i'w weld a'i ddarganfod. Cnu bras yn sownd mewn ysgallen. Buwch goch gota ar bigyn brwynen. Gwas y neidr yn gorffwys ar gorsen. Ac roedd popeth wrth law i danio'u dychymyg. Roedd yna gangau coed yn gleddyfau. Baw defaid yn beli canon. Esgyrn sychion yn arfau.

Ond erbyn canol dydd roedd eu coesau'n wan, a'u boliau bach gwag yn gweiddi o eisiau bwyd, a'u chwarae'n gwegian.

'O, mae gin i sychad uffernol,' tuchanodd Nelan wrth benlinio o flaen un o byllau'r Gors.

Cododd ddyrnaid o figwyn i'w cheg a'i sugno'n galed.

'Cym beth, Bo, mae o'n oer neis.'

Ysgydwodd Boas ei ben. Roedd ei fol yn dal yn dendar. Syllodd yn bryderus ar ddŵr tywyll y gors yn diferu dros dalcen Nelan wrth iddi dynnu'r mwsog hyd-ddo.

'Rwbath i'w fyta fysa'n dda.'

Edrychodd Nelan yn ddisgwylgar arno. Wedi'r cyfan, roedd wedi addo dod ag anrheg iddi – rhywbeth da i'w fwyta.

'Mi oedd gin i afal i chdi,' meddai Bo, a gwrid yn dod i'w fochau. 'Ond mi rois i o i dy nain.'

'I Nain?'

'Mi oedd hi'n llwgu.'

'Ond does gynni hi ddim dannadd i fyta afal!'

'Mae gynni hi'r un mawr hir 'na.'

Aeth ias dros Bo wrth gofio.

'Dydi un ddim yn ddigon i fyta afal,' meddai Nelan yn bwdlyd.

'Chdi ddeudodd wrtha' i am gau ei cheg hi.'

Ochneidiodd Nelan. Roedd hynny'n wir. Ac roedd golwg mor drist yn sydyn ar Bo, penderfynodd faddau iddo.

'Ti'n iawn, mae'n biti drosti, a hithau ddim yn gweld. Er ei bod hi'n hen ast anghynnas.'

Ymgollodd y ddau yn eu meddyliau am funud wrth syllu dros ehangder maith y Gors. Roedd y lle'n hardd i ryfeddu heddiw, a'r eithin aur, a'r ysgall porffor, a'r llwyni criafol yn lliw sgarlad dan yr awyr las.

'Meddylia sut beth fysa methu gweld,' meddai Nelan.

Caeodd Bo ei lygaid. Ond roedd yn anodd dychmygu'r fath beth, ac yntau'n gwybod y gallai agor ei lygaid pan gâi ddigon ar y tywyllwch a gweld pob dim o'r newydd.

'Mae hi'n medru gweld, sti,' meddai'n feddylgar wrth Nelan. 'Ond efo rwbath 'blaw ei llygid.'

Ac yna aeth yn bigog:

'Ac mae 'na rai ohonan ni'n gweld pethau sy ddim hyd yn oed yna.'

'Be ti'n feddwl, Bo?'

'Angylion.'

Edrychodd Nelan arno.

'Ti'n dal yn flin am hynny? Dwi 'di deud bod hi'n ddrwg gin i.'

'Roeddat ti mor annheg. Mond poeni amdanat ti o'n i. A be gesh i? Cic yn 'yn stumog. Ar ôl i fi fod mor sâl trwy'r nos. I fod efo chdi.'

A chaeodd ei geg yn glep ar ôl cael adrodd ei gŵyn wrthi.

'Fyswn i heb neud taswn i'n gwbod mai chdi oedd yna,' amddiffynnodd Nelan ei hun. 'Dwi 'di trio deud yn barod. Breuddwydio ro'n i. Chdi oedd yn hir yn dŵad. Ac mi ddoth yr angal 'na...'

Gwnaeth Bo sŵn wfftio.

'... a dyma hi'n gafael yn 'yn llaw i a 'nhynnu i fyny'r ysgol blu. At Mami.'

'Hogyn ydi angal.'

'Hogan.'

'Mae Mr Ellis yn deud mai hogia ydyn nhw.'

'Lembo ydi Mr Ellis.'

Roedd Boas yn syfrdan.

'A beth bynnag, i fi gael gorffan y stori, mi o'n i bron â dringo i ben yr ysgol blu, a dyma chdi'n dod a 'neffro fi. A dyma'r angal yn diflannu. A'r ysgol. A Mami. A dyna pam gest ti gic. O'n i'n flin a siomedig. Ac mae'n ddrwg gin i. Ond rŵan mae hynny 'di pasio, felly doro'r gorau i bwdu.'

A chaeodd Nelan hithau ei cheg.

Ond doedd Bo ddim yn barod i faddau eto. Gwyrodd i dorri pen ysgallen a dyfai wrth ei ymyl, gan daflu'r blodyn porffor oddi wrtho'n ddig.

'Un funud ti'n deud mai'r rhos ydi'r lle gorau'n y byd ac mai fi ydi dy ffrind gorau di. A'r funud wedyn ti'n deud dy fod isio mynd i'r nefoedd at dy fam. A bod hynny'n bwysicach na dim byd arall.'

Clywodd Nelan y tinc clwyfus yn ei lais. Craffodd ar ei wyneb a'r crych oedd wedi dod i'r golwg rhwng ei lygaid. Roedd yn gas ganddi feddwl ei bod yn ei frifo.

'Paid â bod yn flin efo fi, Bo,' erfyniodd. 'Bod efo chdi dwi'n licio fwya' yn y byd i gyd.'

Aeth y gwynt o'i hwyliau braidd ar ôl gwneud ei chyfaddefiad. Ond roedd yn bwysig iddi egluro.

'Ond mi fyswn i'n rhoi rwbath am gael gweld gwynab Mami, ti'n gweld? Dwi'n gwbod ei bod hi'n sbio i lawr arna' i bob dydd. A dwi'n gwbod y ca' i fynd i fyny ati pan fydd hi 'di maddau i fi.'

Daeth poen i lygaid Bo.

'Dwi 'di colli 'nhad hefyd.'

'Ond dydi *o* ddim wedi marw.'

'Ella ei fod o.'

'Mi ddeudist ti mai 'di mynd i gwffio yn Ffrainc mae o.'

'Ia, dyna lle mae o.'

'Ti ddim yn gneud dim synnwyr o gwbwl heddiw!'

'A tithau ddim yn gneud dim synnwyr efo dy angal a dy ysgol blu chwaith.'

Distawodd y ddau o'r newydd. Roedd yr eisiau bwyd yn eu gwneud yn biwis. Ond wrth rythu ar ei gilydd, y naill ar y llall, y llygaid glas a'r llygaid tywyll, a chael y fath gysur o hynny, a'r ddau'n sylweddoli'n sydyn mor braf oedd hyn, mor braf oedd bod yn y Gors dlos ar eu pennau eu hunain trwy'r dydd heb neb i darfu, neb i ddod rhyngddynt na gwahardd eu chwarae – na Nain, na Harri, na mam Bo, na'r ciwrat – cododd y drwgdeimlad oddi arnynt fel niwl yn gwasgaru.

'Dim otsh am yr angal 'na, beth bynnag,' meddai Nelan yn y man. 'Ond maen nhw'n bod, sti Bo.'

'Dwi'n gwbod,' meddai yntau'n ffwrdd-â-hi. 'Mae gin i un yn y 'mhocad.'

Crychodd Nelan ei thrwyn.

'Yn dy bocad?'

'Mae o yna rŵan.'

Roedd Nelan yn amheus.

'Ga' i weld o?'

Chwiliodd Boas â'i fys a'i fawd am hedyn y sycamorwydden. Trwy lwc, roedd yn dal yn gyfan. Tynnodd o allan o boced cesail ei grys a'i ddal yn fuddugoliaethus o'i blaen hi.

Hwnna?

… oedd ymateb cyntaf Nelan.

Hwnna'n angel?

Lloriwyd hi gan siom.

Ond... hedyn oedd hwnna! Hedyn oddi ar goeden. Lle'r oedd y plu? Lle'r oedd y golau a'r cynhesrwydd? Y teimlad braf i gyd? Yr ysgol blu i'w dringo...

Agorodd ei cheg i wadu. Ond roedd Bo'n syllu'n ddisgwylgar arni. A deallodd Nelan. Roedd llygaid tywyll Bo yn gofyn iddi ei gredu.

Felly ailedrychodd. Ailystyriodd. Ac ailfeddyliodd.

Ac, wel… mi oedd o *yn* hedyn prydferth, doedd dim dwywaith am hynny. A'i gant a mil o linellau mân yn rhedeg drwy'r adenydd. A'r ddau ben yna – yn rhoi cusan i'w gilydd. A chochni a gwyrddni'r adenydd yn toddi i'w gilydd – yn union fel croen afal. Neu'n debyg i löyn byw a aeth yn rhy agos at dân a dechrau deifio.

Yn wir, po fwyaf y syllai Nelan arno, mwyaf arbennig yr âi. Ac wrth iddi syllu, dyna pryd digwyddodd gwyrth fach. Trodd yr hedyn yn angel yn nwylo Bo.

'Angal pren!' sibrydodd.

A gwenodd Bo.

Ac wele'r hen, hen chwarae a fu rhyngddynt erioed yn ailddechrau. Un yn dweud 'hyn sydd'. A'r llall yn gwneud i'r 'hyn sydd' anadlu. A phan gyffyrddodd yr hedyn groen ei llaw, do, fe deimlodd Nelan ei hun rywbeth rhyfedd yn digwydd. Teimlodd ei chorff yn codi oddi ar y llawr. Teimlodd ei hun yn hedfan.

A deallodd mai hud gwahanol oedd gan yr angel pren. Ond hud, serch hynny.

'Paid â'i dorri fo,' siarsiodd Bo hi. 'Neu neith o ddim gweithio.'

'Byth,' meddai hi, a thynnu cris-croes ar draws ei gwddw, cyn rhoi cusan sydyn i Bo, a gollwng yr hedyn i boced ei brat er mwyn ei warchod.


'Ty'd,' meddai a rhyw fywyd newydd yn dod iddi. 'Awn ni i chwilio am rwbath i fyta. Wn i, awn ni i'r Lôn Glai i hel mwyar duon. Mae 'na rai anfarth yna,' lledodd ei bys a'i bawd i arddangos eu maint rhyfeddol. 'Llond gwlad o fiwtars duon.'

Syllodd Bo'n ddigalon tua'r wal lle'r oedd y Gors yn dod i ben a'r Lôn Glai'n cychwyn.

'Dwi'n meddwl bysa'n well inni fynd adra, Nel. A dod yn ôl i fama fory.'

'Fory?' meddai Nelan, gan ysgwyd ei phen. 'Fedrwn ni ddim dod fory, siŵr. 'Mond heddiw sy 'na.'

Crychodd Bo ei drwyn mewn penbleth.

'Mae O'n dŵad heno,' aeth Nelan yn ei blaen. 'I biso ar y cwbwl lot.'

Aeth dryswch Bo yn waeth.

'Pwy?'

'Y Diafol, siŵr Dduw. Lwsiffer. Mae o'n dŵad ar nos gwylangal bob blwyddyn.'

'I fan hyn?' arswydodd Bo.

'I bob man,' meddai Nelan. 'Ti'm yn cofio'r stori? Be mae Mr Ellis yn ei ddysgu i chi yn 'rysgol 'na?'

Camodd yn ei blaen gan siarad dros ei hysgwydd.

'Mi gafodd o ei luchio o'r nefoedd am fod yn angal drwg a mynd yn rhy fawr i'w sgidiau.'

'Sgidiau?'

'A dyma fo'n glanio mewn mieri a brifo'i din. Ac mae o'n piso arnyn nhw bob blwyddyn ers hynny. I ddial.'

Ystyriodd Bo.

'Dydi genod ddim i fod i ddeud piso. Mae Mr Ellis...'

Ond doedd Nelan ddim bellach yn gwrando arno. A'i galon yn suddo, gwyliodd hi'n crafangu i ben y wal derfyn.

'Nelan, ty'd yn ôl! Dwi'm isio byta mwyar duon eto.'

Achos 'mod i 'di gneud fy hun yn sâl, meddyliodd, a'r annhegwch yn ei dagu. Er dy fwyn di...

Ond roedd Nelan ar ben y wal erbyn hyn ac yn sefyll fel brenhines yno a'i thraed ar led a'i dwy law ar ei chluniau, a hithau'n ebychu ac ochneidio bob yn ail wrth weld y mynyddoedd mawreddog gymaint â hynny'n nes ati.

'Nelan! Paid!'

Rhy hwyr. Ar adain yr angel ym mhoced ei brat, rhoddodd ei ffrind lam uchel i'r awyr nes bod ei gwallt yn codi heibio i'w phen yn goron ddu anniben.

Ac yna diflannodd o'i olwg.


Roedd gogoniant amryliw y Lôn Glai yn ddigon i feddwi Nelan. Caeodd y gwrychoedd hardd amdani. Aeron gloywddu! Egroes lliw tân! Eithin euraid! Y dail o liwiau'r machlud, a'r hydref fel gwanwyn yn fan hyn. Ac am y mwyar... wel, doedd y Lôn Glai'n ddim llai na gwinllan. Nid ffrwythau bach tlodaidd Rhos Chwilog oedd y rhain, ond breninesau porffor, bras a gafodd lonydd i brifio i'w llawn aeddfedrwydd.

Llowciodd Nelan nhw'n farus. Rhwygodd y ffrwythau oddi ar y canghennau coch a'u gwasgu'n ddyrneidiau i'w cheg, gan deimlo'r sudd yn llifo'n surfelys hyd ei thafod. Anghofiodd ei hun yn llwyr, gan igam-ogamu hyd y lôn yn chwil, ei bysedd bach yn gweithio'n gynt a chynt ar groen y perthi. Prin gyffwrdd y mwyar oedd raid a syrthient i'w dwylo. Agor y trap-dôr. A gadael i'r cyfan lithro'n braf dros ei garddwrn, i lawr y lôn goch ac i grombil ei stumog.

Bu'n sbel go hir cyn iddi gofio am Bo. Ac erbyn hynny, doedd ganddi ddim syniad lle'r oedd hi. Sobrodd yn y fan a'r lle, a daeth pendro drosti, a hithau'n methu cofio'n union pa ffordd y daeth, ai ffor'na, ai ffor' acw? Roedd dau glawdd cyfochrog y Lôn Glai mor debyg i'w gilydd.

Trodd yn ei hunfan. Galwodd enw ei ffrind dro ar ôl tro. Ond yn ofer…

A dyna pryd y gwelodd o'n dod.

Lwsiffer. Yn dŵad amdani. A chlogyn hir o fflamau tân yn hongian amdano. A thyllau a chreithiau dros ei wyneb i gyd. A'i lygaid yn fflachio'n olau a thywyll bob yn ail. Ac er bod ei gyrn maharen o'r golwg dan ei gwcwll, ac er bod ei gynffon fforchog ynghudd dan waelodion y clogyn, gwyddai Nelan yn syth mai fo oedd O.

Rhoddodd gri o fraw. Ac o bell, bell clywodd lais Bo'n gweiddi amdani. Roedd o'n galw'i henw. Roedd o'n ei rhybuddio. Roedd yn dweud wrthi am ddod, am ddringo'n ôl dros y wal i ddiogelwch y Gors, am afael yn ei law, am ddianc – a ffoi am eu bywydau bach yn ôl i ddiogelwch Rhos Chwilog.

Ond roedd yn gaeth i lle'r oedd hi. Roedd hi'n syllu'n

hurt i wyneb Lwsiffer ddrwg, fel petai wedi ei llwyr gyfareddu.

*Nelan! Ty'd adra!*

Ond roedd ei chorff yn dalp o garreg. Ei llais wedi rhewi.

Fu hi fawr o dro wedyn nes i'r fagddu gau amdani.

# 5

Feddyliodd Nelan erioed y byddai Uffern yn lle mor gysurus. Roedd y tân mor fyw a hapus, yn chwifio'i ddwylo dros ei ben ac yn dawnsio, ei fol yn clecian a'i liwiau'n newid. Tân oedd yn falch o fod yn dân oedd hwn, nid y tafodau caled, oer a ddeifiai'r aer yn Nhŷ Copyn. Plygodd ymlaen yn ei chadair er mwyn teimlo'r gwres ar ei choesau, gan wylio'r goleuni aur yn llifo o'r grât.

Roedd popeth yn ei le yma; dim llanast yn unman. Edrychodd o'i chwmpas a synnu. Rhes o jygiau sgleiniog ar y silff ben tân. Rhesaid arall o badelli ar fachau, a golau'r ffenest yn creu lleuad ar ymyl pob un. Wrth waelod y simdde roedd amrywiol drugareddau, pethau i brocio'r tân a ballu. Yn y canol hongiai tecell du ar gadwyn anferth, ynghyd â chrochan bychan yn berwi, ei gaead ar slant. Dôi pwff o stêm ohono bob hyn a hyn a sŵn poeri tawel. Roedd yr oglau'n fendigedig ac yn gwneud i'w llwgfa waethygu.

Yn y man, trodd yn ei hunfan i sbecian drwy fariau'r gadair a gweld bod trefn yn teyrnasu yng ngweddill y tŷ yr un modd; y llestri'n daclus; y cadachau ar hoelbrenni. Safai rheseidiau o jariau a photeli lliwgar ar y silffoedd, ac yn y gornel bellaf roedd cwpwrdd mawr o bren tywyll ac arno addurn cylchog. Ond yr hyn a aeth â sylw Nelan fwyaf oll oedd y fforest a dyfai i lawr o'r nenfwd, yn flodau a deiliach mewn sypiau, a'u hoglau puprog, sych yn llenwi'r gegin gyfan. Oglau'r haf oedd o. Oglau haul yn tywynnu.

Feddyliodd hi erioed mai dyna fyddai oglau Uffern.

Cododd clicied y drws yn sydyn. Trodd yn ei hôl i wynebu'r fflamau. Roedd y Diafol wedi dod yn ôl i'w dŷ i'w llowcio.

Gwrandawodd arno'n stwna. Ymhen ychydig daeth sŵn cloncian llestri. Dŵr yn diferyd. Dwylo'n cael eu golchi.

Yn y man, mentrodd sbecian eto. A synnodd yn fawr o weld bod y clogyn o liwiau tân wedi cael ei ddiosg a'i roi ar fachyn ar gefn y drws yn daclus. Mwy o syndod byth oedd bod y Diafol yn gwisgo ffrog a ffedog. Syllodd arno'n sychu ei ddwylo. Roedd y rheiny'n olau a glân, heb ewinedd hirion na chrafangau. Doedd ganddo ddim cyrn chwaith, petai'n dod i hynny. Na chynffon. Dim ond plethen hir o wallt yn disgyn i lawr ei gefn fel afon arian.

Erbyn hyn roedd Lwsiffer wrthi'n trin y swp o blanhigion yr oedd newydd eu cario i'r tŷ, yn rhwygo'r dail oddi ar y coesau a'u gosod mewn powlen i'w pwyo. Ar ôl gorffen daeth at yr aelwyd gan dollti dŵr o big y tecell i mewn i'r bowlen. Daliodd Nelan ei gwynt.

Ond roedd o'n troi tuag ati, ac yn gorchymyn mewn llais diffwdan:

'Estyn dy freichiau, hogan dda.'

'Peidiwch â'n lluchio fi i'r tân! Mi na' i rwbath i chi beidio.'

'Be ti'n rwdlan, dywad? Reit, braich chwith allan gynta, dim lol. Mae isio trin y crafiadau 'na. Y ddraenan ddu sy'n beryg.'

Ufuddhaodd Nelan. Peryg oedd peidio. Gwyliodd y Diafol yn trochi darn o liain golau yn yr hylif nes bod y lliain ei hun yn gwyrddio. Yna aeth ati i rwbio'r cadach yn ôl ac ymlaen ar hyd ei breichiau, gan adael trywyddau tywyll ar ei chroen.

Dechreuodd fwynhau'r mwythau. Yn raddol, rhoddodd y gorau i grio. Chwarae teg i'r Diafol, roedd o'n gwneud ei waith yn ofalus. Tybed ai peth fel hyn oedd cael mam? pendronodd Nelan.

'Be ydi'r stwff 'na?' holodd, gan fethu dal yn ôl ddim rhagor.

'Cwmffri,' meddai Lwsiffer, fel petai hwnnw'n air hollol naturiol.

Llais dynes oedd ganddo. Roedd hynny hefyd yn rhyfedd. Ailadroddodd Nelan y gair yn ei phen. Cwmffri. Gair tebyg i 'Wmffra'. Ond yn fwy cyfforddus. Cwmffri.

'Mae'r gwallt 'na angan sgrwb a chrib hefyd, tasat ti'n gofyn i fi,' twt-twtiodd Lwsiffer. 'Ond nid 'y musnas i ydi hynny.'

A chododd ar ei draed braidd yn drafferthus. Nid carnau oedd ganddo.

'Amsar bwyd.'

'Peidiwch â 'myta fi. Mi fydd Nain mor drist os nad a' i adra.'

Edrychodd y Diafol arni'n syn. Ond ni ddywedodd air, dim ond ysgwyd ei ben a throi at y crochan. Lapiodd ei law mewn cadach, dadfachu'r crochan a'i gario at y bwrdd. Daeth chwa lysieuog i ffroenau Nelan. O, roedd hi'n llwgu! A phan alwyd arni i ddod i eistedd, wnaeth hi ddim oedi'n hir, dim ond gwrando'n ufudd.

'Ti ar dy gythlwng, twyt?' meddai'r Diafol yn ddigon ffeind. 'Be oeddat ti'n da'n crwydro mor bell o adra?'

'Hel mwyar duon,' meddai Nelan mewn llais bach truenus.

'A phwy oedd yr hogyn bach 'na? Mi alwish i arno fo i ddod dros y wal i'n helpu fi dy gario di. Ond mi redodd y cradur i ffwrdd 'di dychryn.'

'Bo.'

Teimlodd Nelan ddagrau'n cronni o'r newydd.

'Bo,' meddai eto wedyn, ac adrodd ei enw'n gysur iddi. 'Fo ydi 'nghariad i.'

Synnodd ati'i hun yn datgelu cyfrinach mor fawr wrth y Diafol.

'Mab Catrin Tyddyn Andro?'

'Ia.'

'Awn ni weld ydi o 'di cyrraedd adra'n saff wrth fynd â chdi'n ôl.'

'Yn ôl i lle?'

'I dy gartra, siŵr. Dwi'm isio cael bai am gipio plant ar ben popeth arall.'

'Ond dim ond newydd gyrraedd ydw i!'

Llwyeidiodd y Diafol y potes i'r bowlen.

'Ty'd, estyn ati.'

Wrth graffu, sylwodd Nelan fod un o'i lygaid yn wyrdd tywyll, tra bod y llall yn oleuach, yn debycach i liw dail y gwanwyn. Roedd croen ei wyneb yn wyn a glân, a doedd hyd yn oed y creithiau y sylwodd arnynt i ddechrau ddim yn hyll, ond yn hytrach yn debyg i batrwm plu eira.

'Dydach chi ddim yn debyg i Ddiafol o gwbwl.'

Dihangodd chwerthiniad bach o enau Lwsiffer:

'Diafol, wir! Be nesa?'

'Dynas ydach chi?' holodd Nelan wedyn, a'i holl ofn wedi diflannu.

'Ia, tro dwytha i mi sbio. Rŵan byta, cyn i'r potas 'na oeri.'

Yn fodlonach â'i dealltwriaeth newydd, cododd

Nelan y bowlen at ei cheg a dechrau llepian y potes â'i thafod.

'Be wyt ti, cath?'

Llwy fetel anghyfforddus neu beidio, hwn oedd y potes gorau a gafodd Nelan erioed, a'i flas mor hyfryd â'i oglau. Crafodd bob diferyn ohono o'r bowlen, nes bod y llwy'n gwichian. Yn wir, ar ôl gorffen, a hithau'n dechrau teimlo'n gartrefol braf yn Uffern, pwysodd yn ôl yn ei chadair gan rwbio'i bol yn fodlon.

Ond roedd y ddynes wrthi'n gwisgo'i chlogyn.

'Lle dach chi'n mynd?' gofynnodd Nelan yn siomedig, gan ei gwylio'n clymu ei rhuban yn löyn byw mawr dan ei gên.

'Mynd â chdi adra.'

'Ond... dwi'm yn barod eto.'

'Piti garw.'

'Dach chi'm yn gwbod lle dwi'n byw.'

'Ydw, Tŷ Copyn. Does 'na'm llawar o bobol Rhos Chwilog efo gwallt du fatha hwnna. Hogan Onora wyt ti.'

Tawodd Nelan mewn siom.

'Ga' i ddŵad yma eto?'

'Na chei. Rŵan doro'r brat yma'n ôl dros dy ben ac awn ni. O, rargian fawr, pam ti'n crio eto?'

A hithau wedi bod yn tyrchu ym mhoced ei brat ynghanol y mwyar duon roedd wedi eu hel i Nain, daeth Nelan o hyd i hedyn Bo. Roedd hwnnw'n staeniau coch i gyd. Ond yn waeth na hynny, roedd yr adenydd wedi plygu bob siâp yn y gwlybaniaeth, a'r ddeuben ar fin torri'n ddau. Yn wir, pan osododd Nelan yr hedyn ar gledr ei llaw, holltodd yn derfynol i lawr y canol.

'Angal oedd o,' esboniodd yn ddigalon. 'Ond rŵan neith yr hud ddim gweithio.'

Syllodd y ddynes ar y ddau hedyn staenedig ar y llaw fechan.

'Mi fydd raid iti blannu nhw,' meddai. 'Tyfu coedan newydd.'

'Coedan angylion?'

'Sycamorwydden. Sgin ti rwla saff i'w plannu nhw?'

Roedd tôn ymarferol, mater-o-ffaith y ddynes yn gysur i Nelan.

'Mae gin Bo a fi ffau,' ymddiriedodd yn y ddynes eto, er syndod iddi'i hun. 'Mi blanna' i goedan angylion yno. Mi neith hynny Bo'n hapus.'

Gwenodd y ddynes.

'Ond dwi isio i chi gael yr un yma,' aeth Nelan yn ei blaen. 'I ddeud diolch am y bwyd. A'r Wmffra 'na. Ac am 'yn helpu fi gynnau.'

'Cwmffri. A diolch.'

Edrychodd Nelan arni ychydig yn swil.

'Nelan ydi'n enw fi.'

'A Seffora ydw innau.'

Roedd Nelan yn syn.

'O? Chi ydi Seffora?'

Ac wrth i'r llall ei gwthio'n ddiseremoni dros y trothwy, ychwanegodd:

'Nesh i rioed feddwl mai chi oedd honno.'


'Mae gin i ofn mynd at y tŷ,' meddai Nelan wrth i'r ddwy nesáu at Dyddyn Andro. 'Be os ydi'i fam o'n ôl? Dydi hi'm yn 'yn licio fi o gwbwl.'

'Fydd y ffair ddim drosodd eto,' sicrhaodd Seffora hi. 'Rŵan, dos di. Mi arhosa' i amdanat ti'n fama – rhag ofn iddi ddŵad,' a rhoddodd winc ar Nelan.

Gwyliodd Seffora hi'n mynd, ei ffrog yn fudr a charpiog a'i thrwch o wallt yn gaglau modrwyog i lawr ei chefn. Roedd hi'n syndod fod yr hogan cystal, meddyliodd. Ond roedd hi'n fwy o gwmpas ei phethau na'i mam ddiniwed. Mwy o gythraul ei nain ynddi. Ond bod hon yn anwylach.

Cyn hir daeth Nelan yn ôl.

'Mi nath o wrthod agor y drws i fi,' meddai'n ddigalon. 'Rhag ofn bod y Diafol efo fi. Dydi o byth isio chwarae efo fi eto.'

'Wedi dychryn mae o, siŵr i chdi,' meddai Seffora. 'Mi ddaw at ei goed. Y peth pwysica ydi ei fod o adra'n ddiogal. Ynde?'

'Ia,' meddai Nelan wedi'i chysuro. 'A beth bynnag, mae o 'di deud hynny o'r blaen. Ond mae o bob amsar yn newid ei feddwl.'

Cerddodd y ddwy yn eu blaenau dan sgwrsio am hyn a llall yn hamddenol. Ar y lôn isaf, a Thŷ Copyn o fewn cyrraedd, arafodd Seffora ei cham er mwyn gadael i Nelan fynd yn ei blaen tua'i chartref.

Ar draws y tawelwch, daeth bloedd gan Besi o gyfeiriad y bwthyn.

'Harriiii, ty'd i helpu fi dorri gwddw hon! Inni gael ei gwagio hi o'i holl ddaioni.'

Safodd Seffora'n stond wrth weld yr olygfa ryfeddol. A'i gên yn siglo o ochr i ochr, safai Besi mewn lluwch o blu gwyddau'n chwerthin, tra eisteddai Harri ar garreg wrth ei thraed, ei wyneb wedi'i gladdu yn ei ddwylo.

Dim ond wrth glywed Nelan yn nesáu y cododd Harri ei ben. Roedd ei lygaid yn goch a dolurus, ac olion nentydd golau ar ei fochau budr.

'Ty'd yma,' meddai gan godi ar ei draed. 'Ty'd yma'r gnawas. Dy fai di ydi hyn. Mi ladda' i di. Mi ladda' i di am hyn cyn diwadd diwrnod!'

Camodd Seffora ymlaen i amddiffyn yr hogan. Ond roedd yr un fach eisoes yn sythu'i gwar, yn taflu ei phen tywyll yn ôl, a chodi'i gên tuag at ei thad yn benderfynol.

Daliodd Seffora ei gwynt. Yna ciliodd i'r cysgod. Taflodd un cip olaf ar y ferch, yna cododd ei chwcwll lliwgar dros ei phen ac ymadawodd.

*Pwy a feddyliai fod bro mor heddychlon wedi'i chreu o ddylifoedd dŵr a thân? Esgor byddarol y mynyddoedd. Rhuad y rhewlifoedd. Twrw'r dyffrynnoedd yn hyrddio i fod.*

*Nid oes bywyd lle nad oes newid.*

*Llonydd yw'r llwyfandir heddiw. Ond lle bo llonyddwch, gwrandewch. Cenadwri'r gwyntoedd. Curo'r egni yn y lle dyfnaf un. Yr egni sy'n ffynhonni'n awr, yn rhaeadru o gopaon y mynyddoedd, yn dymchwel hyd y ffriddoedd a'r llechweddau, yn syrthio'n donnau o oleuni dros y rhos, yn cronni yn ei chorsydd. Mae'n deffro'r pridd o'i drwmgwsg, yn gwefreiddio pigau'r brwyn, yn tasgu oddi ar yr ysgall gan danio llusernau'r eithin. Mae'n loetran ar y llwybrau, yn llithro dan ddrysau a thrwy ffenestri'r tyddynnod a'r bythynnod, gan boenydio breuddwydion y cysgaduriaid.*

*Pwy a gyneuodd y goleuni? Pwy a roddodd ei fys i gorddi a chythryblu'r llif? Ei lywio a'i drefnu? Pwy a dynnodd un edefyn o frethyn y rhos i greu'r patrwm?*

*Gwrandewch. Ac mi a'ch creaf yn wrandäwr.*

# GWEITHIO
## 1800-01

# 6

Gan dynnu ei chlogyn yn dynnach amdani, gadawodd
Seffora'r tŷ. Roedd y wawr yn torri a gwrid yr awyr
yn cyferbynnu ag amlinell lwydlas y mynyddoedd.
Wrth iddi ddechrau cerdded, cododd rhin y pridd i'w
ffroenau, a daeth ambell frefiad oen i'w chlyw. Roedd
yn ei helfen ar ddiwrnod fel heddiw, a'r byd yn llawn
twf a nerth ac addewid.

Dyma'r adeg brysuraf iddi pan osodai'r sylfaen i
waith y flwyddyn. Codai yng nglas y dydd i gael budd
cyflawn o'r diwrnod. Brysiodd ar draws caeau Edward
Robert rhag ofn ei fod yntau ar ei draed yn gynnar.
Roedd yn un drwg am fân siarad, a hithau â chymaint
i'w gyflawni. Mor braf oedd cael y byd iddi ei hun! Neb
i ymyrryd. Neb i herian neu alw enwau arni. Dim ond
hi a'r rhos a phopeth yn deffro.

Camodd yn gyflym dros gerrig y rhyd a sylwi ar y
grifft llyffant a dewychai'r dŵr yn y ffos. Gwenodd.
Cyn hir byddai'r gylfinir yn dychwelyd i nythu'n
y gweiriach, hi a'i chri hir, hiraethus. Roedd ei
dychweliad yn arwydd fod popeth fel y dylai fod,
fod troad y tymhorau'n gyflawn eto ym mro Rhos
Chwilog.

Ymlaen â hi at Erw Fforch a thua'r Lôn Glai, ei chamau'n gryf a phwrpasol a'i llygaid yn nodi pob newid yn y cloddiau. Y gwyddau bach ar gangau'r helyg. Llygaid Ebrill yn serennu'n euraid. Y botwm crys yn ewyn gwyn dros y lle. Roedd hi'n adnabod y gweirgloddiau cystal â'r gwythiennau'n ei llaw ei hun. Pob blaguryn newydd. Pob deilen wlyb a golau a ymagorodd dros nos, yn ifanc ac yn barod am fywyd.

Fu hi ddim yn hir cyn gwyro oddi ar y lôn a gwneud ei ffordd at lain fach las rhwng dau o'r caeau, rhywle y gallai sleifio iddo trwy adwy gul yn y wal. Gosododd ei basged ar garreg o gyrraedd y gwlith, gan estyn darn o gnu ohoni a'i daenu ar y ddaear cyn penlinio. Roedd angen gwarchod yr hen esgyrn rhag lleithder.

Aeth ati i weithio, ei bysedd yn tyrchu'n brysur rhwng y deiliach. Prin fod angen iddi edrych ar ei dwylo. Gwyddai beth oedd beth yn ôl ei deimlad, ac ar ôl rhoi plwc ysgafn i'r planhigyn, byddai oglau'r rhin yn codi i'w ffroen i gadarnhau ei chywirdeb. Llanwodd ei basged â'r cyfan yr oedd ei angen arni. Dyrneidiau o gynghafan garw. Tusw o feillion melys. Caglau hir o'r goesgoch a'i sursawr. A chyn ymadael trodd at ddant y llew a dyfai yn llygad yr haul, gan blannu llafn ei chyllell yn y pridd a'i siglo'n ôl a blaen i lacio'r ddaear. Tyrchu'n ddyfn rhag andwyo'r gwreiddiau. Yna, gyda holl nerth ei braich, tynnu'r clorod o'r tir, ynghyd â'r dail a'r blodau. Roedd y cyfan o werth – y clorod yn arbennig. Rhwbiodd nhw'n ofalus rhwng bys a bawd i weld eu daioni euraid.

Wedi dychwelyd at y lôn, trodd i lawr gyferbyn â Llwyn Bedw, gan adael i gwymp y tir ei thynnu tua'r afon, a phelydrau cyntaf yr haul yn anwesu ei thalcen wrth iddo sbecian dros glogwyn Elidir Fawr. Safodd yn stond pan ddaeth afon Saint i'r golwg. Roedd tawdd yr eira a chawodydd Ebrill wedi cynyddu maint y llif, a heddiw hyrddiai'r afon yn un rhuthr gwyllt, yn ferlod gwynion ar garlam ar eu taith ddiddiwedd tua'r aber.

Datglymodd ruban ei chlogyn cyn cicio'i chlocsiau oddi ar ei thraed a brysio at lan yr afon. Caeodd y dŵr yn efynnau rhew o gwmpas ei fferau, ac wrth deimlo cerrig y gwely fel melfed dan ei thraed, aeth ias o bleser trwyddi. Aeth i mewn yn ddyfnach. Taflodd gip dros ei hysgwydd rhag ofn bod rhywun yn gwylio, yna cododd blygion ei ffrog dros ei phengliniau a cherdded nes bod y dŵr yn llifo'n rymus o gwmpas ei chluniau. Roedd sioc yr oerni'n llesol. Gwnâi fyd o les i guriad anwadal ei chalon. Ond roedd hi'n ddigon call i beidio ag oedi yno'n hir, serch hynny. Cyfnewidiad y gwres a'r oerni oedd yn bwysig.

Dychwelodd at y lan. Cwpanodd y dŵr yn ei dwylo. Golchodd ei hwyneb, gan fwynhau teimlo'r croen yn cael ei adnewyddu, y cof am y creithiau, am funud, yn diflannu. Wrth wisgo'i chlocsiau trodd ei phen tua'r heulwen a theimlo gwres y dydd yn ei mwytho.

Ryw ganllath o'r gorad daeth at helygen fawr yr oedd ei changau'n disgyn fel pais gwmpasog o'i chwmpas i gyd. Safodd Seffora a chlustfeinio. Edrychodd tua'r goeden rhag ofn bod rhywrai'n ymgynnull dan y cangau. Doedd wybod pryd y bydden nhw yma, yn grwydriaid, yn gariadon, neu hyd yn oed yn Sentars hurt a ymgasglai yma bob awr o'r dydd i swnian ar eu Creawdwr. Doedd ganddi ddim amynedd efo'u giamocs.

Ond doedd neb i'w weld heddiw yn llechu dan y nen ddisgynnol, a chan roi ochenaid o ryddhad aeth Seffora'n ei blaen heibio iddi ac at y goedlan o helyg iau yr ochr draw.

Fan hyn oedd ffynhonnell y daioni! Gwenodd wrth syllu ar y gwiail ifanc ystwyth a godai'n syth o'r ddaear. Estynnodd am ei bilwg, ac aeth ati'n brysur i gynaeafu rhyw hanner dwsin ohonynt, gan dorri pob un yn ei hanner i ffitio i'w basged. *Salix alba*. Doedd dim yn well at liniaru poen a lleddfu twymyn.

A dyna hi wedi gorffen! Câi droi tuag adref yn awr cyn i neb darfu arni. Gadawodd lannau'r afon a throi heibio i Ryd y Fuwch a Thyddyn Berth. Doedd dim sôn am Edward Robert o hyd. Tybed ble'r oedd o?

Er ei bod mor fore, pan gyrhaeddodd ei thyddyn ei hun

bolltiodd y drws rhag ofn y dôi rhywun. Roedd ganddi lawer gormod o waith i'w wneud i gael ei styrbio.

Dros yr oriau nesaf gweithiodd yn gyflym. Roedd angen dal y rhin tra roedd o'n codi. Gwagiodd gynhaeaf y bore ar y bwrdd, ac aeth ati i'w ddidoli. Clymu'r cangau mwy gwydn a'u hongian oddi ar ddistiau'r nenfwd. Cau'r blodau a'r mân ddail mewn cadachau mwslin i'w sychu. Mynd ati wedyn i dorri'r gwreiddiau, y coesau a'r dail yn ddarnau, cyn dechrau berwi, piclo, trwytho, a chofnodi enw pob un wrth fynd, ynghyd â dyddiad ei botelu.

Erbyn amser cinio, a'r crochan bach yn ffrwtian ar y tân, roedd cegin Tyddyn Bolyn yn orlawn o bersawrau llysieuog, a Seffora o'r diwedd yn dechrau blino. Cymerodd hoe fach y tu allan, gan gario'i chadair at yr ardd lle tyfai'r perlysiau. Bwytaodd ei chinio'n hamddenol gan wynebu'r mynyddoedd, a'i hen ffrind annwyl, y robin goch, yn gwmni iddi, yn ysgwyd ei ben i sgwrsio ac yn mwynhau ambell friwsionyn o fara.

Roedd yr awel yn fwyn. Ac er bod esgyrn eira'n dal ar y mynyddoedd, penderfynodd Seffora fanteisio ar dynerwch yr hin i aros allan i orffen ei gwaith. Braf oedd bod yn yr awyr iach wedi caethiwed y gaeaf. Cariodd yr hyn roedd ei angen arni o'r tŷ, a chyn hir roedd yn prysur risglo'r gwiail helyg, ei bysedd yn symud yn ddeheuig a thoriadau'r gyllell yn ei galluogi i blicio'r croen i ffwrdd yn ei gyflawnder.

Ond nid glendid gwyn y pren oddi tanodd oedd yn bwysig. Y gwlych o dan y rhisgl oedd ei thrysorfa. Rhoddodd flaen ei bys ynddo a blasu'r llefrith chwerw. Crebachodd ei thafod. Gwenodd Seffora. Roedd sudd yr helygen wen mor werthfawr ag aur i feddyg.

Cariodd y cyfan yn ôl i'r tŷ cyn i wres yr haul ei andwyo, a chario ymlaen i weithio'n ddiwyd yn ei chegin, gan dorri'r rhisgl yn ddarnau yn barod i'w biclo. A hithau wedi ymgolli cymaint yn ei gwaith, chlywodd hi ddim sŵn y traed bach yn dynesu at y drws, na synhwyro'r cysgod bychan a dywyllodd ei ffrâm yn annisgwyl.

'Be dach chi'n neud?'

'Rargian fawr, be haru chdi yn fy nychryn i fel'na?'

Daeth yr ymwelydd i mewn yn ddiwahoddiad, gan godi un o'r darnau rhisgl a'i ogleuo.

'Sleifio yma y tu ôl i 'nghefn i fatha rhyw hen lwynogas,' dwrdiodd Seffora, gan roi tap i'r llaw fach i'w chael i ollwng y rhisgl.

'Dach chi'n flin heddiw.'

'Dwi 'di gofyn i ti am beidio dŵad yma. Dwi'n brysur.'

'Ond dwi'n licio dod yma.'

'Wel, dydw i ddim. Ddim pan mae dy dad yn dod yma i flagardio a chodi'i ddyrnau.'

'Dynas ddrwg ydach chi medda fo. Ond dwi'm yn ei goelio fo. Dwi ddim yn coelio dim byd mae Harri'n ddeud.'

Nid atebodd Seffora, dim ond gwneud sŵn wfftio dan ei gwynt wrth wagio gweddill y rhisgl i'r potyn pridd a thywallt gwirod ar ei ben.

'Mae hwnna'n drewi,' meddai Nelan a chymryd cam yn nes. 'Be ydi o?'

'Tintur. Ac mae o'n llesol, drewi neu beidio.'

'Tintur,' adleisiodd Nelan. 'Tintur.'

'Allan â chdi.'

'Ond – dwi'n llwgu.'

Saib.

'Does gin i ddim byd yma i chdi. Ti 'di byta'r cwbwl sgin i.'

'Mae gynnoch chi wy yn fan'cw.'

'Fy swpar i ydi hwnna. Mae raid i finnau fyta.'

'Dwi heb fyta ers bora ddoe,' meddai Nelan. 'Gas gin i uwd. Dim byd ond uwd, uwd bob diwrnod.'

Cefnodd Seffora arni gan gario'r potyn i'r cwpwrdd i'w storio. Gwyddai'n iawn beth oedd amcan y ferch fach: ei chael i gydymdeimlo. Wel, wnâi hi ddim. Ddim heddiw eto. Beiai ei hun am ei hannog yn ormodol yn barod. Caeodd ddrws y cwpwrdd yn dynn, ac o'r diwedd trodd i'w hwynebu. Ond – bobol bach! – roedd golwg wantan arni, ei gruddiau'n welw a'i gwallt yn gaglau, a'i choesau a'i breichiau'n denau fel priciau tân. Roedd diffyg maeth fel yna'n siŵr o'i handwyo.

Roedd Nelan yn syllu'n ddisgwylgar arni erbyn hyn. A gwelodd Seffora, er gwaethaf yr olwg welw oedd arni, mor fyw oedd ei llygaid, mor llawn chwilfrydedd ac ysbryd. Er ei gwaethaf, dechreuodd ildio eto.

'Yli,' meddai'n gyndyn. 'Sgin ti ddim gobaith o gael dim byd i fyta efo'r ffasiwn ddwylo budron.'

''Na i'u golchi nhw,' meddai Nelan, gan frysio'n fân ac yn fuan at y jwg o dan y ffenest. 'Efo cadach a sebon, yn union fel dach chi'n licio.'

Doedd hi fawr o dro nad oedd Seffora'n estyn crempog iddi ar blât, a honno'n diferu o fenyn.

'Yli, mi gei di fyta hon ar dy ffordd adra.'

'Dwi'm yn mynd adra heddiw. Mae Harri mewn gingroen o dempar, a Nain yn piso crio am bob dim ac yn 'y ngalw fi'n bob enw dan haul.'

'Wel, dwyt ti ddim yn aros yma. Mae gin i lond gwlad o bethau i'w gneud.'

'Mi fedra i'ch helpu chi. Mae'n well na gweithio fatha slaf yn tŷ ni.'

Cododd Seffora'r radell oddi ar y tân.

'Dwi'n iawn am heddiw.'

'Ga' i weld y llyfrau yn y gist?'

'Na chei.'

'Dwi'n dal i gofio'r ABC.'

'Da iawn gin i glywad. Rŵan dos allan i ymarfar!'

'Dydw i ddim yn coelio eich bod chi'n witsh,' rhoddodd Nelan un cynnig olaf arni.

Ond ni ildiodd Seffora iddi y tro hwn.

'A dwinnau ddim yn coelio dy fod dithau'n hogan ddrwg. Ond os nad ei di o 'ma rŵan, chei di byth ddod yma eto. Dallt?'

Gwnaeth Nelan geg gam. Yna, gan godi ei hysgwyddau, cymerodd gnoad o'i chrempog, dweud diolch a'i cheg yn llawn, cyn sgipio trwy'r drws ac allan.

Syllodd Seffora ar ei hôl. Ymhen ychydig closiodd at y drws i sbecian. Gwyliodd hi'n paldaruo â'r robin, yn rhoi pinsiad o'i chrempog iddo'n ginio. Ac yna roedd hi'n gadael yr ardd, ac yn rhedeg ymlaen i rywle.

Aeth teimlad dieithr dros Seffora, rhyw gynnwrf rhyfedd y tu mewn iddi, fel petai rhywun wedi cwpanu eu dwylo am ei chalon a rhoi gwasgiad bach sydyn iddi. Cymerodd gam yn ôl oddi wrth y drws, a throi at y cwpwrdd cornel. Ohono estynnodd ffiol ac arni enw bysedd y cŵn yn Gymraeg ac yn Lladin. Tywalltodd ddropyn neu ddau o'r tintur ar ei thafod a mynd i eistedd yn ei chadair ger y tân wrth iddo weithio. Daria'r hen galon 'na.

O dipyn i beth daeth ati'i hun. Braf oedd gorffwys. Roedd wedi gweithio digon am heddiw beth bynnag. Estynnodd am lyfr i'w ddarllen. Ond cyn hir aeth blinder yn drech na hi, disgynnodd y llyfr i'w chôl, ac aeth hithau, er ei gwaethaf, i bendwmpian.

# 7

Milltir arall oedd i fynd. Sgwariodd Bo ei ysgwyddau. Ond roedd y gwayw uffernol yn ei goes yn gwaethygu. Gyda phob cam a gymerai saethai'r cur yr holl ffordd at ei ddannedd.

Doedd dim gobaith iddo roi'r gorau i gerdded. Byddai'r dynion eraill yn mynd o'i flaen. Yna byddai'r criw cyfan yn sylwi nad ocdd o yno, a phawb yn gorfod dod i stop tra âi rhywun, ei ewyrth Ifan siŵr o fod, i chwilio amdano. Byddai hynny'n codi cywilydd arno. A byddai rhywun, rhywun cas fel Huw neu Robin, yn dweud nad oedd cripil fel fo'n ffit i weithio'n y chwarel, beth bynnag. Ac na fyddai o byth wedi cael lle oni bai fod Ifan yn bartnar.

Ac yntau hanner y ffordd i fyny'r allt rhwng y felin a'r eglwys, brwydrodd yn ei flaen, yr esgidiau hoelion mawr yn tyllu i'w sawdl. Gallai deimlo'r pothelli ar fodiau ei draed yn torri a gwlychu ei sanau. Gynnau roedd wedi oedi wrth nant Tandinas ac wedi dychmygu mor braf fyddai golchi ei draed yn y llif oer fel ar ôl 'rysgol ers talwm. Dim ond ychydig fisoedd yn ôl oedd hynny.

Ceisiodd gadw'i feddyliau'n dynn, i gyd-fynd â

chamau'r gweddill. Hoeliodd ei sylw ar gefn ei ewyrth, a syllodd arno'n cerdded yn bwrpasol, ei ddwy fraich yn siglo â phob cam cadarn. Doedd Ifan byth yn arafu nac yn cyflymu. Dim ond cerdded fel petai'r cerdded ddim yn digwydd, y chwe milltir rhwng Rhos Chwilog a'r chwarel ac yn ôl yn ddim, y gelltydd ddim yn tynnu na gollwng, a'r diwrnod caled heb fodoli o gwbl. Roedd ei fam wedi dweud y byddai yntau yn union fel Ifan rhyw ddydd, yn chwarelwr o'i gorun i'w sawdl. Ond doedd Boas ddim yn siŵr.

Rhwng ei ewyrth ac yntau dôi tua dwsin o ddynion eraill, pawb yn ei gôt a'i lodrau llaes a'i sgrepan ar ei ysgwydd. Rhai'n dawedog. Y lleill yn siarad. Clywai Bo dalpiau o sgyrsiau bob hyn a hyn a gwrandawai arnynt yn astud gan ei fod yn dal i ddysgu iaith y chwarel. Roedd 'na eiriau anghyfarwydd iddo o hyd. Rhegfeydd angen eu cofio. Cadwai ei geg ei hun ar gau gan amlaf, ond mi ddefnyddiai'r geiriau mawr o bryd i'w gilydd yn ei ben. Weithiau doedd dim byd arall yn addas.

Heddiw, roedd y partnar arall, Dic, wedi cynhyrfu am rywbeth ac yn chwifio'i ddwylo, ond roedd Ifan yn codi ei law i'w dawelu. Gwnâi hynny bob amser roedd 'na helynt.

Yn union o flaen Bo cerddai ei gefnder, Huw, ynghyd â Robin, y jermon arall. Roedden nhw'n gweithio ers dwy flynedd a chasâi Bo nhw, nid am hynny, ond am eu bod yn ei dormentio. Heddiw, roeddent yn gwatwar ei gerddediad cloff. Robin oedd waethaf. Dim ond chwerthin i fyny'i lawes a wnâi Huw. Y cachwr uffar.

Hwn oedd tynnu-fyny olaf y dydd, wedyn dôi'r eglwys ar y chwith a'r rheithordy gyferbyn, ei hen ysgol. Pan ddaeth ati, anwybyddodd Bo hi gan droi ei ben i'r cyfeiriad arall. Roedd amser ysgol wedi mynd. Roedd angen tyfu fyny. Dyna'r oedd Ifan a'i fam wedi'i ddweud, er bod Mr Ellis yn anghytuno. Ond fo, Bo, oedd dyn y teulu, ac roedd angen iddo gofio hynny.

'Dechrau nogio?'

Huw oedd wrthi, yn pigo'n slei arno eto. Ni chymerodd Bo sylw. Ond roedd y ddau ddiawl yn arafu, yn paratoi i'w herian a'i sbeltio.

''Dan ni'n mynd allan heno, Huw a fi,' meddai Robin. 'I'r twmpath.'

Syllodd Bo'n syth o'i flaen.

'Ty'd efo ni, Boas,' rhoddodd Huw ei big i mewn. 'Ella dysgi di rwbath. Be sy, ofn genod sgin ti?'

'Mi fytan nhw chdi'n fyw,' chwarddodd Robin.

'Cofia fod gynno fo gariad yn barod,' aeth Huw yn ei flaen. 'Hogan Harri Mul.'

'O ia! Hogan Harri Mul! Beth bach wyllt yr olwg. Ti'n ddigon o ddyn iddi, Bo?'

Arhosodd Robin nes bod ei ffrind wedi chwerthin. Chwarddai Huw ar ben pob dim a ddywedai'r llall.

'Do' mi fenthyg hi ryw dro,' meddai Robin wedyn. 'Mi ro' i gil-dwrn i chdi amdani.'

Cyflymodd Bo ei gamau. Llosgai'r haul ei dalcen ac roedd ei gefn a'i geseiliau'n berwi. Erbyn hyn roedd y boen yn ei goes mor ddrwg, ni allai ei theimlo. Ymhell y tu ôl iddo, ar gyrion ei glyw, gallai glywed y ddau'n dal wrthi, yn dweud pethau a chwerthin bob yn ail.

Bastardiaid, meddai wrtho'i hun. Twll eich tinau chi'r cnychwrs.

Clywodd nhw'n dweud enw Nelan eto. Ac fel petai hwnnw'n air hud, yn sydyn gollyngodd ei goesau. Teimlodd nhw'n gwegian ac yna'n rhoi oddi tano. A'r peth nesaf a deimlodd oedd, nid ei fod yn disgyn, ond bod ei gorff yn codi. Roedd yn deimlad rhyfedd iawn. Roedd o fel petai'n hedfan rai modfeddi oddi ar y llawr ac yn araf godi. A dyna Huw a Robin yn sydyn oddi tano, yn mynd yn llai ac yn llai bob eiliad, ac erbyn hyn, teimlai fel petai'n hofran drostynt gan eu llygadu'n brae.

Wnaeth o ddim gwastraffu amser rhag ofn i'r hud ddarfod. Aeth am Robin i ddechrau. Fo oedd y drwg mwyaf. Glaniodd arno'n galed gan ei fwrw i'r llawr a'i ddyrnu'n galed. Taro. Taro. Ei ddyrnau'n forthwylion, a'r rheiny'n syrthio'n drwm, drosodd a throsodd. Roedd ei gryfder yn aruthrol. Gallai deimlo corff Robin yn pantio fel clustog plu dan ei ergydion.

Dwi'n gry', meddyliodd mewn gorfoledd. Dwi'n ennill. Dwi'r un fath yn union ag Ifan. Dwi'n fwy na nhw, yn well na nhw, yn gryfach! Gallai glywed Robin yn tuchan fel hen fegin wedi torri. Roedd y twrw'n ei ysgogi.

Ond wedyn roedd 'na rywun, mwy nag un efallai, yn gafael ynddo gerfydd ei goler. Yn ei lusgo oddi wrth Robin. Yn cloi ei freichiau y tu ôl i'w gefn ac yn ei ysgwyd. Ifan a Dic oedd yno. Daliodd i gicio a dyrnu. Ond roedd 'na fwlch bellach rhyngddo fo a'i brae.

Ac erbyn hyn, roedd Robin yn atgyfodi. Roedd yn dŵad amdano. Roedd golwg orffwyll ar ei wyneb.

Poen annisgrifiadwy ar ochr ei dalcen. Hynny, a'i goesau'n gwegian am yr eildro. Ond y tro hwn disgynnodd Bo.


Ar y groesffordd wrth y dafarn ymwahanodd pawb yn dawedog. Aeth rhai tua'r Fachell, eraill yn eu blaen at Gelli Gyffwrdd, a'r gweddill i'r chwith at Ros Chwilog. Estynnodd Ifan hances boced i'w nai i sychu'r gwaed o'i drwyn. Gan adael i'r lleill fynd o'u blaenau, cerddodd yr ewyrth a'r nai yr hanner milltir adref mewn distawrwydd.

Wrth adwy Tyddyn Andro tynnodd Ifan ei fraich oddi wrth Bo. Roedd angen i'r hogyn sefyll ar ei draed ei hun cyn cyrraedd adref. Safodd Ifan a rhoi ei law i bwyso ar y piler. Ni siaradodd yr un o'r ddau am funud.

'Roedd o'n gofyn amdani,' meddai Bo.

'Mae o'n gryfach na chdi.'

Distawrwydd.

'Rhaid i ti ddysgu rheoli dy hun yn well o lawar na hynny,' meddai Ifan yn gadarnach. 'Sgin ti ddim dewis. A chdithau fel rwyt ti.'

Teimlodd Bo frath ei eiriau olaf.

'Be dwi i fod i neud, cym'yd pob dim maen nhw'n neud a deud? Fatha rhyw lywath?'

Edrychodd Ifan i'r llygaid tywyll, llawn balchder. Yr un yn union â llygaid ei chwaer cyn priodi.

'Mae gin ti fwy yn dy ben na nhw, a dwi'n deud hynny er bod Huw'n fab i mi. Ond ti dan anfantais gorfforol. Dallt? Fyddi di byth mor gry' â nhw. Felly iwsia dy ben a challia.'

Trawodd Ifan biler y giât.

'Rhaid i ti fod fatha hon, yli? Fatha'r llechan 'ma. Teimlo dim byd. Glaw, gwynt, eira. Pob dim yn llithro oddi arni. A dyna'i chryfdar hi.'

Edrychodd Boas ar ei draed. Teimlai'n rhy wan i wrando ar bregeth arall gan ei ewyrth.

''Na i ddim neud eto,' meddai, er nad oedd yn siŵr o hynny chwaith.

'Da was.'

Aeth Ifan i boced ei wasgod ac estyn dau ddarn swllt iddo.

'Hwda dy gyflog. Doro'r cwbwl i dy fam. Mi fydd hi'n falch o'i gael o. A soniwn ni 'run gair wrthi am hyn. Trwyn gwaed ydi trwyn gwaed. Mae'r hogan 'di cael digon o strach efo dy dad yn mynd, heb i chdi ddechrau arni hefyd.'

Doedd o byth yn achosi strach i'w fam, meddyliodd Bo'n ddig. Dim ond gwneud be ddywedai Ifan a'i fam yn ddigwestiwn. Caeodd ei ddwrn am y ddau swllt a dechrau rhegi'n ddistaw.

Roedd Megan yn aros amdano o flaen y tŷ, a chrys glân yn barod iddo gael newid iddo. Gwyrodd Bo dros y bowlen ddŵr oedd wedi'i gosod ar stondin iddo'n barod, ac aeth ati i olchi'i ben fel y gwnâi bob diwrnod. Edrychodd ar lwch y llechi'n haen seimllyd ar wyneb y dŵr.

Cymerodd y lliain o ddwylo ei chwaer, ac ar ôl sychu ei wyneb sylwodd fod olion gwaed ar hyd y lliain. Roedd ei ddau frawd bach yn syllu arno'n dawedog. Gwenodd arnynt, ond heb ddweud gair wrthyn nhw heddiw, na rhedeg ar eu hôl, na chwarae dal fel y gwnâi fel arfer. Gwisgodd ei grys glân amdano ac aeth i'r tŷ i ildio'i gyflog.

Y noson honno daeth haen o groen ei droed i ffwrdd pan dynnodd ei hosan. Bu bron iddo â gweiddi. Roedd ei droed yn gwaedu cymaint, bu'n rhaid iddo roi'r hosan yn ôl a'i gwasgu i'r cig i'w sychu. Gorweddodd ar ei wely. Roedd y gollyngdod yn brifo. Cododd y flanced dros ei ben i dewi'r diwrnod. Daeth wyneb Nelan ato o rywle, ond gyrrodd hi i ffwrdd fel petai'n wenwyn.

Nhw sy dan anfantais, meddyliodd wrth i'w lygaid drymhau. Mi ddangosai iddyn nhw i gyd ryw ddiwrnod. Nid Huw a Robin yn unig, ond Ifan a phawb arall hefyd.


Deffrôdd yn chwys i gyd ynghanol y nos. Roedd rhywbeth wedi'i styrbio. Teimlai fod arwydd wedi bod. Roedd rhywbeth yn ei freuddwyd wedi ei ddeffro.

Daeth atgof o'i freuddwyd iddo. Twrw'r graig yn ocheneidio. Ond nid ei chlywed a wnâi. Ei goes wan oedd yn ei theimlo.

Deallodd yn sydyn mor anghywir fu ei ewyrth. Roedd y llechen yn teimlo. Roedd hi'n teimlo i'r byw o gael ei gweithio. Roedd Elidir Fawr ei hun yn teimlo'r creithio.

# 8

Gadawodd Nelan y tŷ cyn i Nain a Harri ddeffro. Mor braf oedd cynhesrwydd y gwlith dan draed, yr haul yn ei gwallt, ac oglau'r gwyddfid yn gwneud aer y bore'n felys a hafaidd. Gwell na dim oedd gwybod mai tamaid i aros pryd oedd y cyfan – nes câi weld Bo ar lan afon Cadnant wedi i'r cymun ddarfod. Isaac, ei frawd bach, a ddaeth â'r neges iddi. Doedd hi wedi meddwl am ddim ond Bo ers hynny.

Bu'n wythnosau ers iddynt weld ei gilydd, a hithau wedi bod yn aros yn amyneddgar am arwydd ganddo. Heddiw, o'r diwedd, roedd dydd eu cyfarfod wedi dod. Ond aeth hi ddim yn syth at lannau'r nant i aros. Roedd yn rhy gynnar, yn un peth, ac roedd peryg i'r Sentars fod yno ben bore Sul fel hyn, a nhwythau'n ymgynnull yn aml ar lan y nant i weddïo cyn troi am yr eglwys.

Na, yn lle mynd i din-droi ar lan y dŵr, a hel meddyliau, a phoeni bod Bo wedi troi'n ddieithryn ers mynd i weithio, aeth Nelan i ymarfer ysgrifennu. Oherwydd nid Bo yn unig fu'n dysgu crefft dros y misoedd a fu. Roedd ganddi hithau ddawn newydd. Dan arweiniad Seffora roedd wedi perffeithio'i llythrennau. Gallai eu hadnabod i gyd erbyn hyn; ac yn fwy na hynny, gallai eu ffurfio. Yn wir, ers i Boas fynd i'r chwarel, y llythrennau oedd ei ffrindiau gorau, yn gwmni iddi pryd bynnag y mynnai.

Felly, y peth cyntaf a wnaeth ar ôl gadael y tŷ oedd chwilio am hudlath. Oherwydd nid ysgrifennu ag inc ar bapur, nac â hoelen ar lechen, a wnâi Nelan. Yn hytrach, ysgrifennu ar gynfas yr awyr a wnâi. Ysgrifennu â ffon o bren byw, ac ag inc ei dychymyg. Doedd 'na neb i farnu wedyn. Neb i ddwrdio na chywiro. Neb i weld bai. Ac roedd ei deunyddiau'n ddiddarfod, a hithau'n medru dal ymlaen ac ymlaen nes y blinai.

Torrodd gainc o bren collen iddi'i hun a'i risglo nes ei fod yn teimlo'n esmwyth yn y pant rhwng bys a bawd ei llaw, cyn defnyddio sglodyn llechen i'w finiogi. Dyna'i hysgrifbin. Byddai'r 'inc' a'r 'papur' yn siŵr o ddilyn wedyn.

Ei henw ei hun a ysgrifennodd gyntaf, fel bob tro, i gynhesu'r hudlath. Ysgrifennu 'n' yn fryncyn. Llunio'r 'e' yn glust. Ac yna 'l' yn bostyn. Ymlaen â hi at 'a' (pen hogan a phlethen), a dod yn ôl drachefn at y bryncyn.

N-e-l-a-n.

Dyna Nelan. Roedd mor syml â hynny. Bryn. Clust. Postyn. Pen. A bryncyn arall.

Ar ôl y gyntaf, creodd Nelan arall. Yna un arall eto. Cyn hir, wrth gyflymu ei chamau i lawr y lôn, roedd ganddi haid o Nelanod yn gwmni. Ond wedyn, pwy oedd eisiau hynny?

Aeth yn ei blaen at bethau llawer gwell na hi ei hun, gan gerdded heibio i Ben-buarth a thua'r Ddôl, y llythrennau'n ei thynnu. Rowliodd ar 'o' olwynog. Croesodd bontydd siâp 'm'. Rhoddodd lam a naid, llam a naid wrth lunio pob 'i-dot' herciog. Carlamodd ar 'u' bedolog. Roedd ei phen yn y gwynt ac yn orlawn o siapiau, ei chlyw yn gerddorfa o synau. Ond ei chyfrinach hi oedd hyn i gyd. Doedd yna neb yn gwylio.

Cyn hir, ar gyrion Tan y Buarth, daeth at y llythrennau dwbl. Ac roedd gan bob un o'r rheiny ei stori. Roedd 'dd' yn ddwy chwaer, 'ff' yn ffrindiau, 'll' yn efeilliaid… Ac am y lleill, megis 'ch' a 'rh' a 'th', roedden nhw'n union fel hi a Bo, meddyliodd, yn ddwy lythyren unigol a wnâi dwrw newydd wrth gyfuno.

Crwydrodd i'w canlyn i gyd, ac wrth gyrraedd cyrion y plwy dechreuodd greu geiriau, yn antur newydd. Bellach, roedd ganddi bopeth i'w diwallu. Pan sychedai ysgrifennai'r gair 'te'. Pan oedd eisiau bwyd, yna 'crempog'. Aeth y geiriau'n frawddegau yn ei phen, a'r brawddegau'n storïau, ac roedd ei chynulleidfa'n frwd dros yr hanesion. Y brogaod yn porthi. Y gloÿnnod yn dotio at ei doniau. Cymeradwyai'r adar hi â chlap-clap eu hadenydd, tra dilynai'r cwningod hi dros y dolydd. A'r hen frain, oedd, roedd hyd yn oed yr hen frain gwybodus yn gwrando bore heddiw.

Yn wir, ymgollodd Nelan ar lwybrau ei dychymyg i'r fath raddau nes anghofio lle'r oedd hi. Roedd amser wedi hedeg! A dim ond pan glywodd gloch eglwys Llanddeiniolen yn canu o bell – tong, tong, tong – y sylweddolodd fod y cymun drosodd, a bod Bo eisoes ar ei ffordd.

Tong, tong, tong! galwodd y gloch. Dechreuodd hithau redeg. Tong, tong, tong! meddai'r hen gnul annifyr eto, a hithau'n cyflymu ei chamau, yn ceisio rasio'r gloch. Roedd y sŵn wedi bod erioed yn atgas ganddi, wedi cadw Bo oddi wrthi ar lawer Sul. Tong, tong, tong! taerodd y gloch eto. A Nelan, wrth nesáu at Dyddyn Bach, yn sydyn yn arafu.

Ai ei hannog a wnâi'r sŵn? Ei dwrdio? Ynteu oedd cloch yr eglwys yn ei rhybuddio nad yr un un mwyach fyddai Bo?

Pan gyrhaeddodd y nant, a gweld nad oedd o yno, gollyngodd yr hudlath i boced ei brat a mynd yn syth i'r dŵr i ymolchi. Roedd ei thraed a'i choesau'n fwd i gyd ar ôl crwydriadau'r bore, a hithau'n cywilyddio. Ond gwnaeth y dŵr oer, clir, rhedegog les, a chyn bo hir, roedd hi fel newydd a'i phryderon am weld Bo yn pylu.

A phan welodd o'n dod i lawr y lôn o Dre'r Gof, ei gerddediad yn drymach a'i wallt wedi'i dorri'n fyr, wnaeth hi ddim poeni, dim ond codi ei llaw arno a gwenu, gan alw arno i dynnu'r esgidiau trwm 'na a dod i mewn i'r dŵr i drochi.

'Sgin i'm amsar,' oedd ei ateb digon sych, wrth ddod i eistedd ar y garreg.

Heb ei chyfarch. Heb ddweud ei henw. Heb ofyn sut roedd hi. Heb hyd yn oed edrych arni'n iawn. Dim ond ymestyn ei goesau dros ymyl y garreg, a gadael i'w esgidiau hongian dros y dŵr heb falio.

Mygodd Nelan ei siom. Doedd hi ddim am ddigalonni ar ôl edrych ymlaen i'w weld cyhyd. Deallodd fod angen rhoi cyfle iddo ddŵad ato'i hun. Nid hogyn oedd o rŵan, ond gweithiwr. Roedd wedi blino, siŵr o fod. Ei goes yn brifo. Ac felly, i ddangos ei chydymdeimlad, gadawodd y nant yn y man a mynd i eistedd ar y garreg wrth ei ymyl.

O'r diwedd, a Bo'n dal heb siarad, mentrodd holi:

'Sut mae'n mynd yn y chwaral, Bo?'

Wnaeth o ddim ateb ar ei union, dim ond codi ei ysgwyddau'n ddifater a dal i syllu ar y nant yn llifo. Syllodd Nelan ar ei thraed noeth, glân. Roedd croen y bodiau wedi crychu yn y dŵr yn edrych yn rhyfedd, fel croen hen ddynes.

Am na ddywedai Bo 'run smic, gorweddodd ar ei chefn ar y garreg a gwrando ar sŵn y nant yn byrlymu. Pry bach yn suo'n hapus wrth fynd heibio. Dafad yn brefu'n rhywle. Ac am yr hen gloch 'na – roedd honno wedi tewi.

A Nelan? Roedd ysbryd Nelan yn plymio.

Disgynnodd rhywbeth tebyg i bilen o niwl dros ei llygaid. Syllodd tua'r cymylau mawr gwyn yn yr awyr las a'u gweld yn crynu. Gwasgodd ei llygaid. Roedd 'na bwysau poenus yn ei gwddw.

Meddyliodd am anturiaethau'r bore, yr hwyl a gafodd yng nghwmni'r llythrennau a'r holl greaduriaid hapus. Dyna ryfedd, myfyriodd. Doeddwn i'n poeni am ddim byd gynnau – ond rŵan dwi'n poeni am bopeth.

Cododd ei llaw at ei bol i deimlo'r hudlath. Teimlai mor fain a diddim bellach.

Trodd yn sydyn at Bo.

'Ti'n cofio'r hedyn 'na?'

'Hedyn?'

'Hwnnw roist ti i fi ar 'y mhen-blwydd.'

'Yr un 'nest ti'i dorri?'

Cronnodd y cymylau. Roedd wedi bod eisiau dweud wrtho bod yr hedyn wedi tyfu. Roedd cyn daled â'i phen-glin hi erbyn hyn, yn ddarpar goeden angylion yn eu ffau. Yn lle hynny, distawodd. Doedd hi ddim am i'r olwg sur ar wyneb Bo waethygu.

'Ti am orffan y stori?'

'Nac'dw.'

'Fedri di ddim dechrau stori ac wedyn peidio'i gorffan hi.'

'Medraf.'

O leiaf roedd o'n siarad.

'Pam oeddat ti isio inni gyfarfod, a chdithau ddim yn deud dim byd?' meddai Nelan yn y man. 'Mae gin i bethau angan eu gneud.'

Wfftiodd Bo.

'Fatha be?'

'Sgwennu,' meddai Nelan. 'Mae gin i waith sgwennu i'w neud.'

Roedd wedi gollwng y gath o'r cwd heb fwriadu. Ac os disgwyliodd i Bo lawenhau yn ei dawn, cafodd ei siomi'n enbyd.

'Sgwennu?' meddai, a golwg anghrediniol yn ei lygaid. 'Callia!'

'Dwi'n deud y gwir,' cododd Nelan ar ei heistedd.

'A pwy ddysgodd hynny i chdi? Harri Mul? 'Ta dy nain sy'n ddall fel postyn?'

'Seffora.'

A dyna hi wedi gollwng y gath o'r cwd am yr eildro.

'Honna?'

'Ia, honna, pam?'

'Nesh i ddeud wrthat ti am beidio mynd at honna.'

'Mae gin i hawl mynd ati hi,' mynnodd Nelan, ac roedd ar fin ychwanegu nad oedd angen iddo boeni, beth bynnag, achos bod Seffora wedi ei gwahardd rhag mynd yno ddim mwy am i Harri godi ei ddyrnau arni eto. Ond torrodd Bo ar ei thraws yn gas:

'Witsh ydi hi. A witsh fyddi di ar y rât yma. Ac mi fydd pawb yn siarad amdanach chi.'

Syllodd Nelan arno'n syfrdan. Roedd wedi colli arno'i hun yn llwyr.

'Be sy matar arna chdi? Ti ddim 'run fath â chdi dy hun o gwbwl.'

Cododd Nelan ar ei thraed mewn rhwystredigaeth.

'Pam ti mor flin? Dwi ddim 'di gneud dim byd o'i le.'

'Ti'n iawn,' meddai yntau a chodi ar ei draed ei hun. 'Dwi wedi newid.'

Cymerodd gam oddi ar y garreg.

'A sgin i ddim amsar i hyn i gyd ddim mwy. Y chwarae plant 'ma.'

Fel heuwr yn hau ei had, chwifiodd ei law o'i flaen.

'Hyn i gyd!'

Roedd yn anadlu'n gyflym.

'A chdi'n mynd tu ôl i 'nghefn i. At yr hen wrach 'na. A dysgu sgwennu. I drio cael y gorau arna i tra dwi'n gweithio'n galad.'

'Bo, paid â mynd!'

Ond roedd eisoes yn troi ei gefn arni, yn hercian yn boenus i fyny'r llwybr at Dre'r Gof ac adref. Rhythodd

Nelan. Roedd hyn fel breuddwyd ddrwg. Ond yn lle galw'i enw'n daer, a phledio arno i aros, neu hyd yn oed redeg ar ei ôl fel y gwnâi ers talwm, a dweud cymaint roedd wedi ei golli, cydiodd rhyw wylltineb ynddi hithau, a ffeindiodd ei hun yn gweiddi'n galed i'w gefn:

'Dos ta! Dos ta, babi mami!'

Ac â'i dwylo'n crynu, tyrchodd ym mhoced ei brat am ei hysgrifbin a'i thorri'n ddau, cyn taflu'r ddeuddarn i mewn i'r afon.

Edrychodd ar y ddau bren yn suddo o'r golwg am funud, cyn ailymddangos eto'n is i lawr yr afon. Gwyliodd y llif yn eu cario ymhellach ac ymhellach, yn ôl at gyrion isaf y plwy lle treuliodd ei bore.

Damia'r gloch 'na, meddyliodd. Damia, damia, damia! Petai heb glywed y gloch, fyddai hyn ddim wedi digwydd.

A'r hyn nad oedd Bo wedi'i ddallt, meddyliodd, a'i dagrau'n disgyn, oedd ei bod hithau hefyd wedi newid.

# 9

Yr un ag erioed oedd bywyd Harri. Syrffed yr holl beth! Halio'i lwyth tywod o'r traeth i fyny'r llethrau o fore gwyn tan nos. Gwagio'i lwyth ar dir Rhos Chwilog, dim ond i'w wylio'n suddo, yn diflannu i grombil y gors na fyddai byth yn sychu. Ei holl gario a llusgo heb fod erioed. Be oedd diben y stryffaglio?

Doedd 'na ddim gwaelod iddi, dyna'r gwir amdani. Doedd 'na ddim gwaelod i'r gors. Pe cariai holl ddwnan Niwbwrch drosodd o Sir Fôn a thywallt y bitsh iddi, sychid byth mo Ros Chwilog. Fyddai'r cythraul tir 'na byth yn ffrwythlon.

I beth oedd y drafferth yn da? Ei gyflog? Dyrnaid o geiniogau a sachaid o rawn bob mis. Dim ond i'r ddwy yna adref eu llyncu. Doedd 'na ddim digon iddyn nhw ei gael.

Taflodd un cip olaf tua'r Fenai cyn wynebu'r ddringfa. Yn y pellter, ar y lanfa, roedd dynion yn llwytho llechi. Rhai'n eu cario o gefn y drol. Rhai eraill yn stacio. Weithiau, wrth gymryd hoe, byddent yn gweiddi arno:

'Bora da, Harri Mul! Sut wyt ti heddiw?'

Ond heddiw roedd marc brys ar eu dycnwch. Roedd

yr awyr yn melynu. Pwll Ceris angen ei groesi. Storm arall ar y ffordd, o bosib.

Trodd i archwilio'i lwyth cyn cychwyn. Contrapsiwn digon syml oedd y car-llusg – rhyw lawr o bren a dau gorn mawr, fel dau gorn bustach, a darn o raff yn sownd wrth y rheiny.

Plygodd i sicrhau bod y tywod yn gytbwys a thynhau'r clymau am y cyrn. Yna camodd i'r cylch o raff. Ond cyn ei godi stampiodd ei draed yn galed, fel mul yn myllio. Nid strancs oedd hynny. Roedd y gosfa ddiawl yn ei blagio eto.

*Damia chdi stopia gosi'r cythraul uffar!*

Stampiodd eto. Ymddangosodd sêr o flaen ci lygaid. Y tân 'na. Roedd ei draed wedi bod ar dân ers dyddiau. Rhyw boethder melltigedig yn saethu o'r bodiau i fyny.

Doedd o ddim wedi sbio. Doedd 'na byth amser. Cadwodd y clocsiau yn gaead am ei draed, i rwystro'r tân rhag lledu. Ond erbyn hyn roedd y cosi wedi symud i'w ddwylo, a'r croen rownd ei ewinedd wedi plicio a glasu a duo. Brathodd ei fysedd yn galed. Blas tywod a heli. Hynny a rhywbeth arall – rhywbeth sur a melys. Rhywbeth tywyll dan ei ewinedd.

Cododd y ddolen o raff a'i harneisio am ei ganol. Wrth gamu ymlaen teimlodd hi'n llithro a phinsio a rhoddodd ei fawd oddi tani i nadu i'r rhaff rygnu.

Tyllodd y rhaff ei ddwylo. Crafodd y sled y tu cefn iddo. Roedd y tywod yn drymach wedi cawodydd ben bore.

Y peth i'w wneud oedd canolbwyntio, meddyliodd. Rhoi un cam bach ar y tro. Yna'r cam nesa. Dyna'r tric. Peidio hel meddyliau. Peidio meddwl am y tân a'r blinder. Rhos Chwilog. Y tywod. Y ddwy yna. Y ddwy yna yn y tŷ oedd fel carchar iddo.

Un cam ar y tro, daeth at Ro Wen, y cyntaf o'r llethrau. Codai honno fel mur o'i flaen. Teimlodd Harri Mul ei nerth yn pallu. Gyrrodd ei hun ymlaen yn benderfynol, y llethr yn brathu, y llwyth yn mynnu tynnu tuag yn ôl. Yn ôl i'w gynefin. Welai Harri ddim bai arno. Roedd o'n licio glan-y-môr ei hun. Ond llwyth oedd llwyth, a gwyddai na allai fforddio cydymdeimlo â'r tywod. Roedd rhaid bod yn fistar arno.

Daeth cur caled i du blaen ei benglog. Pwnio ciaidd. Cododd ei law dros ei lygaid. Y golau dydd. Roedd ei drwyn yn rhedeg. Sychodd ei drwyn â'i lawes ac aeth gronynnau tywod i'w geg. Roedd ei ben yn dal i frifo.

Cysur Job oedd cyrraedd gwastadrwydd y lôn bost gan fod gallt Tafarngrisiau'n codi'n syth o'i flaen, y serthaf o'r cwbl. Ond dyna ni, pa ddewis oedd ganddo? Bwriodd iddi. Doedd o ddim yn un i gwyno, a doedd Harri Mul yn ddim os nad yn styfnig. Y broblem oedd, roedd ei draed yn ddiffrwyth erbyn hyn, a doedd o ddim yn siŵr, wrth blannu ei droed ym mhridd yr allt, a oedd hi'n cyffwrdd yn y tir o gwbl?

Pan sylwodd fod ei droed yn dal i'w gynnal, camodd ymlaen yn fwy gobeithiol. Gosododd ei droed chwith yn uwch na'r dde a gorffwys ar honno. Ac felly, linc-di-lonc, heb deimlo'i draed yn iawn ond mewn ffydd eu bod nhw'n cydio, dringodd fodfedd wrth fodfedd i ben yr allt, ei sled a'i dywod yn ei ddilyn.

O, am fywyd oedd hwn, meddyliodd yn ddigalon wrth agosáu at y brig, ac yntau bron ar ei bedwar. Ers marw Onora bu'n annioddefol. Meddyliodd lawer tro am roi diwedd ar y cyfan. Neu redeg i ffwrdd i Werddon. Ond roedd 'na rywbeth wedi'i ddal yn gaeth, wedi'i gadw yn Rhos Chwilog. Y fuwch, i ddechrau. Buwch Onora a ddaeth drosodd efo hi o Sir Fôn, gan gicio a sblasio drwy'r tonnau. Ac yna, ar ôl gwerthu honno i dalu am y claddu, dyna'r ci, Pero. Ond wedyn – y dreth gythraul. Pero druan. Ei lygaid trist pan gaeodd geg y sach dros ei drwyn o.

A'r ddwy yna wedyn. Mi ddylai fod wedi'u boddi nhw yn ei le. Y fechan, beth bynnag. Doedd honno'n ddim byd ond traul a thorment. Ond rhyw ddydd mi gâi dalu. Mi gâi dalu am be wnaeth hi i'w wraig o.

Daeth i stop wrth Garreg Goch i hel y tywod o'i lygaid. Erbyn hyn roedd copaon y mynyddoedd yn dod i'r golwg. Trodd Harri oddi wrthynt, a syllu'n alarus tua'r Fenai. Mor braf fyddai cerdded i mewn i'r dŵr. Teimlo'r oerni'n lliniaru'r cosi yn ei draed a'i ddwylo. A rhwng ei goesau. Y cosi di-baid am Onora.

Ac yno'r oedd hi ei hun, roedd yn siŵr. Roedd hi'n aros amdano. Yno rhwng llanw a thrai, ar un o'r traethau gwyllt. Câi gip bach arni weithiau. Ton fach ewynnog. Darn o haul ar wely heli. Gwnâi arwyddion arno. Roedd hi'n dal i'w garu.

Aeth i ffwndro, braidd, wrth hel meddyliau. Cymerodd gam gwag, neu efallai mai un o'i draed diffrwyth a roddodd oddi tano. Baglodd, a thrawyd cefn ei sawdl gan un o gyrn y car-llusg. Rhuthrodd poen cythreulig trwyddo.

Pan drodd i edrych roedd ei glocsen wedi dod i ffwrdd. Y glocsen – a darn o'i droed yr un pryd. Darn o'i sawdl. Llaciodd ei afael yn y rhaff. Disgynnodd, a rhonciodd y sled ar ei ochr gan chwalu'r tywod.

Daeth ato'i hun a chlywodd oglau gwymon. Gwymon? Na, roedd yr oglau'n fwy afiach na hynny. Cododd ei ben i sbio. Ar ben pella'i goes gwelodd ei hanner troed yn hongian oddi ar y gweddill, yn ddarn o gig a gwaed a nadroedd gwynion yn sownd wrtho. Roedd 'na asgwrn i'w weld ynghanol y cig, fel cragen yn sgleinio.

Cyfogodd. Fi ydi hwnna? meddyliodd. Roedd y

bodiau wedi chwyddo fel pwrs buwch, ac yng nghroen y ffêr roedd twll mawr a hwnnw'n berwi o gynrhon. Rhyfeddodd Harri atyn nhw'n dawnsio trwy'i gilydd yn eu llyn bach euraid.

Pendronodd eto. Arna' i mae'r rheina'n byw? Ac ers faint maen nhw yna? Rhoddodd sgwd i'w goes. Oedd, roedd y boen yn uffernol. Ac eto, hoffai eu gweld nhw'n ymateb, fel petai o'n Dduw arnyn nhw. Ysgydwodd ei goes eto. Roedden nhw mor hapus yr olwg.

Syrthiodd i gyfyng-gyngor. Be nesa? Ni allai sefyll ar ei draed a cherdded. Ni allai wisgo'i glocsen. Roedd ganddo gyfrifoldeb at y cynrhon. Ac eto, roedd angen iddo fynd â'i lwyth i ben ei daith i gael ei gyflog. Disgynnodd yn ei ôl i'r llawr. Pam gythraul roedd bywyd mor anodd?


Cyn hir, ac yntau wedi bod yn gorwedd yno'n synfyfyrio am sbel, daeth cysgod rhyngddo a'r heulwen. Teimlodd rywun yn nesu.

Ond nid sŵn traed yno. Na, clustfeiniodd, sŵn adenydd oedd o. Pâr o adenydd yn chwipio'r awyr. A'r peth nesaf a deimlodd oedd meddalwch plu. Dwy adain yn tyner gau amdano.

'Tinwen?' holodd yn syfrdan. 'Chdi sy yna?'

Gwenodd y llygaid gleision arno.

'Ti wedi dod yn ôl i 'ngweld i? Ei di â fi o 'ma? Ei di â fi i chwilio am dy fistras, Onora?'

Dringodd yn ddiolchgar ar gefn yr aderyn, gan gofleidio'i gwddw. Disgynnodd y rhaff a'r sled a'r tywod yn esmwyth oddi arno.

O, ysgafnder bendigedig!

Cododd y ddau oddi ar y ddaear. Edrychodd Harri'n ôl. Gwelodd y sled yn gorwedd ar ei ochr. Gweddillion y tywod wedi gwasgaru, ronyn wrth ronyn, ar hyd y tir anniolchgar. Wrth ymyl y rhaff, ei glocsiau segur. Y rheiny, a rhywbeth tebyg i sach reit lipa, wedi'i gwagio o'i chynnwys. Ei gorff o ei hun a orweddai yno.

Trodd ei ben tuag at Ros Chwilog a ffarwelio â'i fam a'i ferch heb deimlo dim ond ysgafnder hyfryd. Y mynyddoedd yn pylu. Y gwynder yn lledu. Yn syth o'i flaen, dim byd ond môr glas a thywod euraid. Ambell i don laethog. Dyna i gyd.

Ac Onora. Roedd hithau yno yn wên i gyd, yn codi ei llaw i'w gyfarch.

Druan â nhw, meddyliodd Harri, gan daflu un cip olaf dros ei ysgwydd. Druan â'r cynrhon bach 'na lawr yn fan'na.

# 10

'Un llwyaid bach arall, Nain. Mae raid i ti gael maeth o rwla.'

Roedd ceg Nain wedi ei chau'n sownd, a holl nerth ei chorff wedi cronni yng ngwnïad y gwefusau. Gwthiodd Nelan yn galetach. Petai ond yn medru cael blaen y llwy i mewn trwy'r hollt, gallai ei defnyddio fel trosol wedyn a gollwng yr uwd i geg yr hen wraig. Ond doedd dim yn tycio. Roedd pren y llwy'n rhy dew. Ac roedd Nain yn benderfynol. Doedd hi ddim yn barod i farw, meddai hi, efo blas yr uwd afiach 'na yn ei cheg hi.

Roedd Nelan wedi trio popeth. Annog. Perswadio. Dwrdio. Ymbil. Unrhyw beth i gadw Nain yn fyw. Ond anoddach bob dydd oedd dal pen rheswm â sgerbwd. A dyna oedd Nain erbyn hyn. Dim ond pant a phoncan, ynghyd â dau lyn rhew ei llygaid, a'r rheiny'n meirioli.

Ond roedd 'na ewyllys mewn penglog, ac roedd nerth yn dal yng ngwythiennau Besi. A dyna hi'n gwasgu ei cheg mewn protest eto heddiw. Hi oedd yn iawn. Roedd yr uwd yn ffiaidd, a'r sachaid olaf o ryg a ddaeth Harri i'r tŷ wedi'i lygru. Brech dywyll dros y grawn i gyd, a hen dafodau glasgoch, llipa'n hongian oddi ar y tywysennau. O ganlyniad roedd yr uwd yn biws tywyll. A doedd Nain ddim yn wirion. Roedd hi'n gweld y piws â'i thafod.

'Ty'd rŵan, 'mach i,' erfyniodd Nelan am y canfed tro. 'Un llwyaid bach arall.'

Er ei gwaethaf agorodd Besi ei cheg.

'Mach i, wir,' arthiodd. 'Pwy ti'n feddwl wyt ti?'

Ond roedd 'na ewyllys gref yn yr wyres. Manteisiodd Nelan ar geg agored Besi i dollti'r uwd tenau i lawr ei chorn gwddw, a defnyddio'i llaw chwith i gau'r genau tra byddai'n llyncu. Tagodd Besi. Stranciodd. Ciciodd ei choesau. Chwifio'i breichiau o flaen wyneb Nelan. Ond daliodd Nelan yr ên yn benderfynol.

Pan ollyngodd ei llaw, poerodd Besi'r uwd i gyd drosti.

'O Nain! Be 'na' i efo chdi?'

'Hen sopan bach. Trio'n mygu fi!'

Syllodd Nelan arni trwy ddagrau anobaith. Roedd glafoer tywyll yn diferu trwy'r blewiach ar ei gên. Estynnodd am y cadach, ac ar ôl sychu Nain, sychodd ei hwyneb ei hun wedyn.

'Am be ti'n crio eto?' arthiodd Nain.

'Dydw i ddim.'

'Wyt. Dwi'n dy glywad di'n rhochian.'

'Mae gin i ofn i chdi farw, Nain. Dim ond chdi sgin i ar ôl yn y byd i gyd yn grwn.'

'Ella marwi di dy hun o 'mlaen i,' meddai Nain a

chwerthin yn sychlyd. 'Byta'r uwd hyll 'na dy hun, pam na 'nei di?'

'Dwi isio i chdi ei gael o.'

'Cig dwi isio,' cododd Besi ei llais. 'Cig gŵydd a'i gwaed hi'n gynnas. Lle mae'r diogyn Harri 'na 'di mynd? Lle mae o?'

Aeth crio Nelan yn waeth.

'Dwi'm yn gwbod lle mae o. Does 'na ddim sôn amdano fo.'

Trodd Nain yn ôl ar ei chefn, ei thrwyn yn codi fel esgair greigiog, ei llygaid yn dal i ddiferu. Gwyliodd Nelan y dagrau'n disgyn un ar ôl y llall, cyn diflannu i blygion carpiog ei gwddw.

'Mae'r press-gang 'di cael gafael arno fo,' cysurodd Nain ei hun. 'Maen nhw'n chwilio am hogia nobl fatha Harri. Maen nhw 'di yrru fo i Ffrainc i chdi, dyna be sy. Mewn het dri chornal. I gwffio dros ei wlad a'r Brenin.'

Cododd Nelan y cadach i oeri talcen yr hen wraig.

'Mae o'n siŵr o ddod yn ôl cyn hir.'

'Fo ydi'r unig un sgin i,' cwynodd Nain. 'Yr unig un gesh i'i gadw.'

'Mae gin ti fi,' meddai Nelan yn dawel.

Ond trodd yr hen wraig i wynebu'r wal, gan boeri:

'Ac wedyn mi ddoth dy fam a sbwylio'r cwbwl. Jipsan uffar. Neu rwbath gwaeth na hynny.'

Fu Nelan ddim allan ers dyddiau lawer. Roedd arni

ofn gadael Nain ei hun. Roedd yn ofni iddi farw. Roedd y ddwy wedi closio yn absenoldeb Harri. Weithiau, pan chwythai'r gwynt yn filain o gylch y tŷ, a'r cenllysg yn stido, a'r nos yn rhewi, swatiai'r ddwy efo'i gilydd dan y sach i gadw'n gynnes, a Nain yn adrodd storïau i wneud i'r amser basio, hen hanesion am y dyddiau fu, hen chwedloniaeth Rhos Chwilog, straeon am dylwyth teg a drychiolaethau ac ysbrydion, ac am ddyn a lyncwyd yn y Gors ar gefn ei farch, a'r fuwch frith a roddai enedigaeth i oen bob gwanwyn, a'r carw corn hir a ddôi i lawr o lethrau'r Wyddfa, a'r ddynes ddrwg a drodd yn gornchwiglen, a llawer o hanesion lliwgar o'r fath, nes y syrthiai'r ddwy i gysgu ochr yn ochr â'i gilydd, a deffro wedyn yn y bore.

Ac weithiau soniai Nain am ei hanes hi ei hun. Ond byddai hynny'n styrbio Nelan.

'Do'n i'm yn hyll a hen fel hyn erioed, sti,' dywedai o hyd. 'Mi oedd dynion ar 'yn ôl i bob gafael. Un ar ôl y llall yn curo 'nrws i ac yn talu'n dda. Dim digon iddyn nhw gael ohona' i. Gweision ffarm, byddigions, dynion priod. Ia, rheiny oedd waetha.'

Ac âi ymlaen i enwi hwn a llall ac arall, a Nelan yn cau ei chlustiau am nad oedd yn licio'r straeon a'r ffordd roedd Nain yn chwerthin.

'O, paid â sôn am y dyn Niwbro 'na eto, Nain,' ymbiliodd arni ryw noson.

'Taw di,' meddai Nain yn siort. 'Mae gin ti lawer i'w ddiolch iddo fo. Gynno fo gesh i'r tŷ 'ma. A'r libart i gladdu 'mhechodau. A chdi geith y tŷ pan fydda' i wedi mynd. Ti'n dallt?'

Ac meddai wedyn yn y tywyllwch:

'Fydd dim rhaid i chdi neud dim o'r pethau yna.'


Roedd honno'n un o'r sgyrsiau call olaf a gafodd Nelan â Nain. Ers deuddydd neu dri roedd hi'n rwdlan. Er gwaetha'r oerfel ofnadwy, a'r rhew a'r barrug a orweddai nid yn unig o gwmpas waliau allanol y tŷ, ond y tu mewn iddo hefyd, roedd Besi'n taeru ei bod yn berwi. Mynnai ei bod ar dân, a bod ei thraed a'i dwylo'n llosgi.

'Ond does 'na ddim tân yn nunlla,' ceisiai Nelan ei darbwyllo.

'Y Tân Mawr ydi o,' meddai Besi, ei llygaid rhew yn lledu. 'Y Tân Mawr sy 'di cael gafael arna' i'n barod.'

'Cym lymaid o'r dŵr 'ma i oeri.'

'Sbia, dwi'n llosgi!'

Ond nid fflamau yn unig a welai Nain. Roedd ei dychymyg yn cyboli. Gwelai bob math o bethau anweledig o gwmpas y tŷ.

'Be ydi'r golau rhyfadd 'na? Y golau bob lliw 'na, fath ag enfys?'

Neu:

'Pwy ydi hwnna wrth y ffenast?'

'Yn lle, Nain bach?'

'Hwnna efo'r gwn 'na.'

Cysgodion dynion. Cysgodion ellyllon. Cysgodion seirff. Llyffantod, hyd yn oed. Bwystfilod rhyfedd. Plantos bach yn mynd a dod. Harri'n dod yn ôl a gadael.

A thrwy'r adeg roedd y llosgi'n gwaethygu. Erbyn hyn, crafangai'r hen wraig am ei chnawd ei hun, fel petai'n ceisio ei rwygo oddi arni. Berfedd nos rhoddai sgrech o boen, gan gicio a phwnio, a gweiddi am i'r tân gael ei ddiffodd. Ond doedd dim tân. Dim fflamau. Dim mwg. Dim byd ond chwys yn dylifo'n afonydd dros gorff Nain, a'i phen yn berwi. Gwnâi Nelan bopeth y gallai. Golchi'i thalcen. Golchi'i hwyneb. Golchi ei chorff. Siarad a chanu i'w chysuro. Ond roedd hi ei hun hefyd yn gwanhau o hyd, o eisiau bwyd a diod.

Dim ond traed Besi a ddangosai ôl y tân. Roedden nhw'n grin a briwus, a'r bodiau'n ddu fel colsys. Ac roedd y crinder yn lledu. Am y tro cyntaf erioed, ar ei gwely angau, roedd gan Besi bâr o esgidiau lledr du.

'Nelan,' griddfanodd un noson. ''Nei di 'nghladdu fi'n y libart efo 'mabis?'

'O, Nain bach, paid â sôn am gladdu!'

'A 'nei di weddïo drosta' i ar y Bod Mawr? Fedra' i ddim diodda'r tân 'ma ddim hirach.'

'Nain, paid. Paid â mynd!'

'A Nelan…?'

Agorodd Besi ei cheg fel petai am siarad. Ond dim ond ochenaid fechan a ddaeth allan, a honno mor ysgafn â gwyfyn. A'r un dant unig yn dal i groesi'r dibyn.

Aeth plwc ysgafn trwy Nain. A'i braich yn dynn amdani, teimlodd Nelan ei chorff yn araf oeri. Roedd rhywun wedi diffodd y tân, mae'n rhaid. Roedd rhywun wedi diffodd y tân a fu ynddi.

Mae tes yr haf yn dod â gwrid i olau'r lleuad. Mae'n camu'n gyflym trwy'r brwyn, gwaharddiad ei fam yn pylu. Mae angen torri'r newyddion iddi. Dyna'i ddyletswydd. Mae dyn yn gorwedd ar draeth Llanfair-is-gaer a physgod wedi bwyta'i lygaid.

Mae'n croesi'r rhos, yn gweld y tŷ ac yn arafu. Mae'n dod i stop, yn gweld golau'r lloer yn rhaeadru'n waedlyd dros y bwthyn ac mae 'na ias yn mynd drosto. Y llwybr yn graith gam. Y waliau'n gignoeth. Y rhaffau brwyn fel gïau'n hongian dros y drws.

Mae'n ei yrru ei hun ymlaen. Dyna'i ddyletswydd. Ond mae'r bwthyn fel y bedd. Oglau marwolaeth yn llenwi'r lle.

Mae'n codi'i law dros ei enau, yn camu i mewn ac yn darllen haenau'r tywyllwch. Yn y gornel mae 'na fryncyn llonydd.

Dau gorff. Dim byd ond croen ac asgwrn. Un yn llonydd. Y llall prin yn anadlu.

'Bo?'

Dim ond siâp ceg.

Mae'n penlinio o'i blaen. Mae'n cronni'r nerth yn ei freichiau ac yn ei chodi.

Mor ysgafn â phluen.

Mae'n ei chario allan, yn benthyg curiad ei galon iddi. Mae'n baglu dros y rhos, y lleuad yn gwaedu drosto.

Mor ysgafn â phluen. Ond mae Bo'n cloffi.

# TYFU
## 1802–1804

# 11

Llifai golau dydd trwy'r ffenest. Agorodd Nelan ei llygaid. Roedd ansawdd y golau'n wahanol, yn fwy trwchus a melyn. Rhoddodd ei llaw y tu allan i'r garthen. Gallai deimlo'r cynhesrwydd yn treiglo trwy ei bysedd. Roedd y gaeaf yn dod i ben a rhywbeth gwahanol yn dod i'w drechu.

Y tu allan i'r ffenest roedd yna aderyn yn canu. Sguthan yn hwian. Yr un hen gân ers dyddiau. Ceisiodd Nelan anwybyddu'r sŵn. Yn ei ffroen roedd oglau cyfarwydd. Oglau melys a sur mawn yn llosgi. Roedd tân y dydd yn fyw yn y grât.

Tynnodd ei llaw yn ôl o dan y garthen pan gododd cliced y drws. Gwrandawodd ar dap-tap-tap y clocsiau ar y llechi. Twrw dŵr yn diferyd. Dwylo'n cael eu golchi.

Claddodd ei phen dan y glustog. Oglau puprog y cnu. Doedd ei synhwyrau ddim am adael iddi heddiw.

Diflasodd yn y man ar sŵn ei hanadlu ei hun. Gwthiodd y glustog i ffwrdd a sbecian allan. Y ffurfiau cynefin. Dwy gadair wrth y lle tân, a golau'r ffenest yn peintio llinell wen ar eu cefnau cyn disgyn yn bwll disglair i'r llawr. Y grât fawr ddu yn erbyn y wal. Y fflamau aur yn llamu. Digiodd Nelan wrthyn nhw. Gwnaent iddi deimlo bod bywyd yn mynd ymlaen hebddi. Caeodd ei llygaid.

Ond doedd dim llonydd i'w gael. Daeth ei chlyw i'w phlagio eto. Synau Seffora'n gweithio. Tawelwch sisialog dwylo prysur. Yna, tincial ysgafn. Rhywbeth yn cael ei ollwng i badell fetel y glorian. Gwyddai Nelan beth oedden nhw. Dail rhosmari. Roedd yn nabod eu traw nhw. Daeth llun y nodwyddau main, gwyrddlas i'w meddwl, a'u boliau arian. Clywodd eu hoglau yn ei dychymyg: oglau glanwaith a chaled, fel oglau lafant ond yn finiocach.

Gwrandawodd ar Seffora'n gwagio'r dail ar styllen bren a chlic-clic-clic y gyllell yn torri'r nodwyddau yn erbyn y pren. Doedd dim angen iddi edrych. Gallai weld y llafn yn ei phen, yn siglo'n ôl a blaen dan y dwylo profiadol. Roedd wedi gwylio Seffora'n gwneud y gwaith droeon.

Daeth ysfa ryfedd i'w choesau. Teimlad yr hoffai godi a mynd ati. Yn lle ildio i'r ysfa, tynnodd y garthen yn dynnach amdani. Rhwymo dillad y gwely fel gwregys am ei chorff. Roedd y gwely mor glyd a diogel.

'Pam na chodi di? Ty'd i weld yr eirlysiau, ty'd. Maen nhw'n llenwi'r ardd, yn ddigon o ryfeddod.'

Trodd ei chefn ar Seffora ac wynebu'r wal.

Pam dylai hi godi? Ar ôl yr holl wythnosau roedd yn

un â'r gwely, pwysau'r garthen fel llaw fawr garedig yn gorwedd ar ei chorff, yn drwm ac ysgafn yr un pryd. Roedd hi'n gorwedd mewn pridd cynnes, llaith. Fel babi wedi'i gladdu. Pam dylai hi symud? Doedd arni ddim eisiau bod. Doedd arni ddim eisiau tyfu.

Ond roedd Seffora fel y gwanwyn yn mynnu. Doedd 'na ddim taw arni heddiw. Roedd hi'n hofran, yn swnian, yn dal arni.

'Ty'd ti at y bwrdd rŵan. Mae 'na liw gwell arnat ti. Ty'd, neu mi ddo' i yna i dy gario di.'

'Dwi'n sâl.'

'Ti'n gryfach nag oeddat ti. Mae'n bryd i ti godi.'

'Gadwch lonydd i fi.'

Tawelwch.

'Dyna ni 'ta. Mi fydd raid imi fyta'r crempogau i gyd 'yn hun.'

Bytwch nhw, 'ta, meddyliodd Nelan, a cheisio cau ei chlustiau ar sŵn ei bol yn gweiddi.


'Gnawas bach, dwi'n llwgu! Dwi'n llwwwgu!'

Y llais 'na yn ei phen eto. Nain druan. Gweiddi nes bod ei geiriau'n diasbedain dros Ros Chwilog. Roedd Nelan yn deall rŵan. Llwgu oedd bod eisiau bwyd a methu ei gael o.

Erbyn hyn, roedd Nain yn gweiddi yn ei bol hi – hi,

a haid o fleiddiaid yn udo, yn pawennu ei thu mewn hi. Roedden nhw'n ceisio dod allan, yn ysu am rywbeth i'w lowcio. Cyn hir, mi fydden nhw'n dringo allan ohoni, trwy ei gwddw, yn rhuthro allan trwy ogof ei cheg yn ddannedd ac yn lafoer i gyd ac yn llarpio popeth o fewn golwg. Llarpio Seffora. Ei llarpio hi ei hun.

Roedd y syniad yn ofnadwy: cael eich llarpio gan eich llwgfa eich hun.

Ac roedd yna oglau menyn yn toddi. Hysian radell boeth, a'r menyn yn ffrio.

'Seffora?'

'Ia?'

'Dwi'n llwgu.'

'Well i ti godi 'ta. Tydi?'

Rhuthrodd cant a mil o binnau bach trwy ei phen pan eisteddodd i fyny. Chwyrlïodd y tyddyn o'i chwmpas. Daeth pwys i'w stumog.

Gwthiodd y garthen o'r neilltu a rhoi ei dwy droed ar lawr oer a chaled y tŷ. Roedd ei gwadnau wedi meddalu, mae'n rhaid, trwy'r holl wythnosau o gysgu.

Syllodd ar gefn Seffora wrth iddi guro'r wy i'r blawd, a mynd ati i ollwng y cytew yn llwyeidiau ar y radell ddu, yr hylif yn araf setlo'n bedwar cylch euraid.

'Seffora?'

'Ia, 'mach i?'

'Gawn ni folltio'r drws?'

'I be 'nei di beth felly?'

A Seffora'n rhoi hwb ysgafn i'r gyllell lydan er mwyn troi'r crempogau wyneb i waered. Pedair sofren aur a'u hwynebau'n gwrido. Y lliw tywyll a roddai'r blas, meddyliodd Nelan. Daeth dŵr i'w dannedd.

Cododd ar ei thraed a gwisgo siôl Seffora. Cerddodd ar draws y llawr yn sigledig fel plentyn newydd ollwng, heibio i'r bwrdd a mynd yr holl ffordd at ddrws y tŷ. Bolltiodd o'n galed.

'Dwi'm isio i neb ddod yma a 'ngweld i.'

'Fel y mynni di,' meddai Seffora'n ddidaro. 'Go brin y daw 'na neb. Dim ond Edward Robert, ella, i holi sut wyt ti.'

Llymaid o lefrith hufennog, a hwnnw mor dda a meddal. Yfodd y cyfan ar ei ben. Sychu ei gwefus â chefn ei llaw. Gallai deimlo'r llefrith yn llithro i lawr ei gwddw ac yn cronni'n llyn yn ei brest, yn gynnes ac oer yr un pryd. Roedd wedi anghofio'r teimlad, ac eto, gwyddai ei bod wedi breuddwydio am lefrith fel'na.

Crempog wedyn, a honno'n diferyd o fenyn. Pan blannodd ei dannedd ynddi, llifodd y menyn dros ei thafod a threiglo i gorneli'i cheg, yn hallt a ffeind. Teimlai Nelan fod ei chorff wedi bod yn ysu amdani ar hyd ei bywyd. Gwrandawodd ar y bleiddiaid yn dal i udo am funud – ac yna'n tewi.

Pan ddaeth Seffora â chrempog arall iddi, bwytaodd

honno hefyd. A thrydedd un. Ar ôl hynny roedd ei bol yn brifo.

'Gest ti ddigon?'

'Dwi rioed wedi byta gymaint yn 'y mywyd.'

Daeth Seffora ati.

'Paid ti â meddwl mynd yn ôl i'r gwely. Dŵr poeth gei di os ei di i orwadd rŵan. Dos at y tân i eistedd, mi ddo' i â blancad i ti.'

'Ga' i nôl llyfr?'

'Cym unrhyw beth o'r gist. Ond yr hen Feibil 'na. Mae gin i ddail yn presio yn hwnnw.'


'Seffora?'

Cododd Seffora ei phen yn gyflym. Roedd wedi bod yn pendwmpian.

'Be sy?'

'Dwi'm yn licio'r deryn 'na.'

'Pa dderyn?'

'Hwnna sy'n canu. Mae o'n mynd trwy 'mhen i.'

'Maen nhw i gyd yn canu, 'mach i.'

'Y g'loman yna.'

Dechreuodd Nelan watwar y gân:

*Hahâ-ha, ha-ha*

*Hahâ-ha, ha-ha*

'Y sguthan? Y beth bach ddiniwad yna sy'n dy boeni

di? Mae 'na ddwy ohonyn nhw yna'n rwla. Maen nhw'n nythu yma ers blynyddoedd.'

'Mae hi'n chwerthin ar 'y mhen i. Maen nhw'n deud pethau amdana' i. Bob dydd.'

*Chdi ladd-odd dy-nain.*

*Chdi ladd-odd dy-dad.*

*Chdi ladd-odd dy fam.*

'Ond dydi adar ddim yn siarad,' meddai Seffora. 'Chdi sy'n dychmygu.'

Ysgydwodd Nelan ei phen.

'Dwi'n eu dallt nhw,' a syllodd braidd yn feirniadol ar Seffora. 'Dach chi'n siarad efo planhigion, tydach? Efo dail a blodau, a brigau hefyd. Dwi wedi'ch clywad chi.'

'Cysgu llwynog, felly.'

'A dwi'n medru siarad efo'r adar. Dwi 'di arfar gneud. Ers talwm.'

Doedd hi ddim wedi siarad cymaint ers misoedd. Roedd ei cheg yn boenus.

'A dwi'n dallt y sguthan 'na. Mae hi'n deud wrth yr adar eraill pa mor ddrwg ydw i. Mai fi ddaru ladd Nain. A Mami.'

Torrodd Seffora ar ei thraws.

'Dyna ddigon o hynna rŵan. Rydan ni wedi sôn am hyn ganwaith. Yndo? Roedd dy nain yn wan, wan. Ac yn wael ofnadwy. Ac mi oedd 'na wenwyn yn y rhyg 'na gin dy dad. 'Nest ti ddim byd ond gofalu amdani.'

'Rhoid y gwenwyn yn ei cheg hi!'

'Gofalu amdani 'nest ti. A dyna ddiwadd ar y matar.'

Ond safodd Nelan ar ei thraed, a chan anufuddhau i Seffora, dychwelodd i'w gwely. Cododd y garthen dros ei phen ac ailddechrau crio.

Deffrôdd, a llun Seffora'n eglur yn ei meddwl. Roedd y llun yn gryf a thawel ac yn mynnu ei sylw.

Yn y llun roedd Seffora'n penlinio yn yr ardd fel petai'n gweddïo. Doedd hi ddim. Chwynnu'r oedd hi. Roedd y tamaid cnu dan ei phengliniau, ac roedd ei phlethen arian wedi disgyn dros ei hysgwydd ac wedi dod i orwedd yn erbyn asgwrn ei gên. Roedd ei dwylo'n brysur.

A gwelodd Nelan yn y llun mor unig a diamddiffyn oedd hi. Yn yr ardd felly ar ei phen ei hun. Neb o'i chwmpas ond y rhos fawr, lom, a'r mynyddoedd pell a mawreddog.

Beth petai rhywbeth yn digwydd iddi? meddyliodd mewn braw. Beth petai hi'n baglu a syrthio? Neu beth petai rhywun – rhywun fel ei thad – yn dod yno i weiddi arni a chodi dwrn? Doedd yno neb i'w helpu.

Hi – a helpai bawb trwy'r adeg.

Styrbiwyd Nelan. Roedd wedi trin Seffora fel petai'n un o waliau dideimlad y tŷ. Cododd o'r gwely a brysio

at y drws, ei choesau'n crynu. A dyna lle'r oedd Seffora
– yn union fel y gwelodd hi yn y llun. Pob manylyn yn
gywir.

'Seffora?'

'Rargian, mi 'nest ti 'nychryn i!'

'Dwi 'di dod i weld yr eirlysiau.'

Saib o dawelwch.

'Dyma nhw i ti,' meddai Seffora, gan gyfeirio â'i
braich at y côr o bennau gwynion yng nghornel yr ardd.
'Yli, maen nhw'n aros amdanat ti.'

'Maen nhw'n dlws.'

'Yn ddigon o ryfeddod.'

Camodd Nelan yn nes. Roedd yr hin yn oer ar ôl
clydwch ei gwely. Aeth rhyndod drosti.

'Seffora? Ga' i ofyn rwbath i chi?'

Cododd Seffora oddi ar ei chwrcwd.

'Wyddoch chi'r noson honno pan ddaru Nain
farw?'

'Dwyt ti ddim yn dal i hel meddyliau am hynny?'

'Sut oeddach chi'n gwbod mai Bo oedd o?'

'Wst ti be, dwi'n eitha siŵr mai fo oedd o.'

'Ddim angal?'

Tawodd Seffora am funud.

'Yr holl sôn 'ma am angylion. Does gin i fawr o gred
mewn pethau felly.'

'Mae gin i.'

'Ond dwi'm yn meddwl bod meddwl am angylion yn dy helpu di.'

'Mi ydw i.'

Ochneidiodd Seffora.

'Wel, hogyn tua'r un oed â chdi oedd o y noson honno. Doedd 'na ddim angal ar gyfyl y lle.'

'Ond roedd hi'n dywyll fatha bol buwch, meddach chi! Sut oeddach chi'n gweld?'

Defnyddiodd Seffora ei llaw i hel y pridd oddi ar ei dillad.

'Mi ddoth o reit ata' i er mwyn dy roi di yn 'y mreichiau i. Boas oedd o, yn siŵr i ti. Ac mi fedrwn i weld hefyd ei fod o'n poeni amdanat ti'n arw.'

Ysgydwodd Nelan ei phen.

'Nac oedd, doedd o ddim.'

'Pam arall fysa fo wedi dod â chdi yma?'

'Isio cael gwarad arna' i oedd o.'

'Isio i mi dy wella di.'

Edrychodd Seffora ar Nelan.

'Ac mi 'nesh i. Yndo?'

Amneidiodd Nelan.

'Do,' yn ostyngedig. 'Diolch am achub 'y mywyd i.'

Gwenodd Seffora.

'Dyna ydi 'ngwaith i, 'nghariad i. Gwella pobol ydi 'ngwaith i. Rŵan,' aeth yn ei blaen, gan edrych tua'r tŷ, 'dos di i wisgo mwy amdanat cyn i chdi rynnu. Wedyn ty'd allan i helpu. Mae'r hen farchwellt 'ma 'di mynd yn rhemp dros y gaea.'

Gwyliodd y fechan yn brysio'n ôl i'r tyddyn. Trodd yn ôl at y bordor perlysiau. Aeth ar ei gliniau dan ochneidio.

Doedd dim amdani ond ei chadw efo hi yn Nhyddyn Bolyn am dipyn, meddyliodd. Doedd yr hofel Tŷ Copyn 'na ddim yn ffit i neb mewn gwendid. Câi, mi gâi aros efo hi am dipyn. Dim ond nes y cryfhâi'r beth fach, gorff ac enaid.

Ailafaelodd yn y chwynnu, a chyn hir daeth pelydr o haul gaeafol i dywynnu arni. Cododd Seffora'i phen i'w gyfarch, a gweld ei gardd fechan wedi ei goleuo o'i blaen, yn llawn addewid. A'r eirlysiau gwyn-arian yn disgleirio yn y gornel. Mor brydferth oedden nhw, meddyliodd Seffora. Mor brydferth, a hwythau'n dod i oed mor wydn a thyner ar ddechrau blwyddyn.

# 12

Roedd sôn bod bro Nant Efa'n llawn hud a lledrith. Nonsens oedd hynny, meddai Seffora, ond hoffai Nelan ddod yma, serch hynny. Fel ŵyn bach y caeau, roedd hi'n mentro fwyfwy at ffiniau ei chynefin, cyn rhedeg adref ar ddiwedd dydd i adrodd hanes ei hanturiaethau.

Ei gorchwyl newydd, a'r gwanwyn yn aeddfedu, oedd casglu gwlân bras, y talpiau hynny o gnu a gribid oddi ar gefnau'r defaid gan bigau drain ac eithin. I'r pwrpas hwnnw roedd Seffora wedi gwnïo sach iddi y gallai ei chlymu fel barclod am ei chanol a'i llenwi â'r gwlân rhad, ei deunydd crai wrth ddysgu nyddu. Ac roedd digon ohono o gwmpas gwrychoedd Nant Efa a Chae Metta a'r caeau dirgel eraill wrth droed yr hen gaer hynafol.

Rhinwedd pellach y lle oedd ei fod ymhell o Ros Chwilog. Yno roedd yn annhebygol o weld neb o'i hen gymdogaeth. Gallai ymlacio yno, ymgolli yn ei meddyliau heb boeni y byddai hwn-a-hwn yn dod ar ei thraws a dechrau holi'i pherfedd, neu y byddai hon-a-hon yn gwneud llygaid-bach arni a'i sbeitio.

Un diwrnod braf yn fuan wedi'r Pasg, a hithau wedi bod wrthi'n hel y gwlân trwy'r bore a'i sach yn bochio efo'r cnwd, penderfynodd fynd i eistedd dan goeden dderw wargrwm i orffwys. Cae Meini oedd un o hoff gaeau Nelan. Roedd ynddo gasgliad rhyfedd o gerrig llwyd wedi'u gosod ar ffurf lleuad bigfain, a chofiai rai'n sôn, pan oedd yn blentyn, mai yma y dôi'r bobl fach i ganu a dawnsio. Y tylwyth teg roedden nhw'n feddwl. Yma roedden nhw'n dod i chwarae castiau a chreu drygioni.

Er gwaethaf amheuaeth Seffora, roedd Nelan yn hanner ofni bod yma. Yr un pryd, roedd 'na rywbeth yn ei thynnu at y lle. Y gobaith, efallai, y gwelai rywbeth hudolus. Neu y câi gip ar yr arallfyd. Am y tro cyntaf heddiw, a hithau mewn hwyl mentro, penderfynodd, nid yn unig y byddai'n croesi'r cae, ond y byddai'n oedi ynddo i fwyta'i chinio.

Eisteddodd, felly, dan y dderwen gam, a syllu'n ddisgwylgar trwy ddellt y dail ifanc ar yr hanner cylch dirgel gyferbyn. Ychydig a wyddai mai o'r tu ôl iddi y dôi'r dychryn. Prin yr oedd wedi cymryd cnoad o'i brechdan gaws nag y daeth sŵn brawychus o'r tu cefn iddi. Hen dwrw sych, cras, fel sŵn hen ddyn yn pesychu.

Daliodd ei gwynt a gwrando. Ond chlywai hi ddim ond sŵn ei chalon ei hun yn curo. Edrychodd yn betrus dros ei hysgwydd. Doedd yno neb i'w weld yn agos at y dderwen. 'Run cardotyn yn cysgu. 'Run hen ddyn yn grwgnach. 'Run bwgan nac ysbryd.

Ymlaciodd. Efallai mai hen frân a glywodd. Ond cyn hir daeth pesychiad arall. Y tro hwn, doedd dim amheuaeth. Cododd Nelan ar ei thraed mewn braw.

Ond wedyn, yn rhyfedd: tawelwch eto.

Roedd y peth yn anodd ei esbonio. Ond roedd 'na rywbeth yn achosi'r sŵn. Symudodd i ffwrdd oddi wrth y goeden gan glustfeinio. Pesychiad.

Yn y man, magodd ddigon o blwc i daflu cip dros y wal i mewn i'r cae drws nesaf. Doedd dim i boeni amdano yno. Dim byd ond dafad unig yn syllu braidd yn druenus arni.

Pan ddaeth y pesychiad am y pedwerydd tro, sylweddolodd Nelan mai hi oedd wrthi. Dafad! Dim byd ond hynny! Sut y gallai dafad swnio mor debyg i hen ddyn yn tagu? Ai dafad hud oedd hi? Rhyw ellyll ar ffurf anifail?

Ond po fwyaf y craffai, mwyaf y sylweddolai Nelan fod y ddafad mewn poen. Nid tagu'r oedd hi, ond tuchan. Ac erbyn hyn roedd yn gwasgu ei thin yn erbyn y wal ac yn troi yn ei hunfan yn ddryslyd. Bob hyn a hyn taflai gip erfyniol ar Nelan. Yn reddfol, ymatebodd hithau. Dringodd dros y wal i'r cae, ond gan gadw hyd braich oddi wrthi, serch hynny, yn union fel y dysgodd

Edward Robert iddi. Doedd defaid ddim yn hoff o agosrwydd pobl.

Dychrynodd Nelan pan welodd rywbeth coch, rhyw belen gron ryfedd yr olwg, yn ymddangos rhwng coesau ôl y ddafad, a honno'n tyfu. Rhyw fachlud haul od, yn cynyddu, cynyddu.

Tynnodd ei gwynt ati. A'r peth nesaf a welodd oedd y machlud yn disgyn o din y ddafad ac yn glanio'n glewt ar lawr y cae gan ffrwydro'n ddyfrllyd dros y gwellt. Cymerodd gam yn ôl. Roedd hyn eto mor rhyfedd. Dechreuodd hel meddyliau. A oedd hi'n llithro i fyd arall, y byd hud hwnnw yr âi pobl iddo pan oeddent wedi eu witsio? Cofiai glywed straeon am rai a ddôi'n ôl o fyd y tylwyth teg flynyddoedd wedyn – heb newid o gwbl.

Syllodd mewn braw ar y gwlych a dasgodd o'r machlud haul yn disgleirio ar lawr y cae. Bu bron iddi droi ei chefn a dianc. Ond roedd y ddafad druan yn dal i ddioddef, a hithau'n ffrochio a chwythu, a phan syrthiodd y ddafad ar ei gliniau o'i blaen, fel petai'n begian, gwyddai Nelan na allai fynd a'i gadael.

Yn sydyn, daeth ateb iddi. Hen atgof annelwig. A gair ynghlwm ag o:

Geni.

Mor eglur â phetai wedi'i grafu ar lechen.

Dyna oedd yn digwydd. Roedd yr anifail yn geni babi.

Y machlud gynnau oedd y dechreuad, ac nid rhywbeth o'r tu allan oedd yn brifo'r ddafad. Ei thu mewn oedd yn ei thormentio. Roedd y peth yna y tu mewn iddi angen dod allan.

Ond roedd nerth y ddafad yn pallu. Roedd y geni'n mynd yn drech na hi, ac yn sydyn, disgynnodd ar ei hyd ar lawr, ei bol yn hyrddio'n galed.

'Paid!' daeth y gri o enau Nelan heb iddi sylweddoli. 'Mae pob dim yn iawn, mi fydd pob dim yn iawn.'

Taflodd ei hun ar ei gliniau wrth ymyl y famog, gan ei mwytho â geiriau, yn union fel y gwnaeth Seffora iddi hi pan oedd hi rhwng byw a marw.

'Dyna chdi, dyna chdi, mi fydd pob dim yn iawn. Mi ddoi di drwyddi.'

Drosodd a throsodd fel gweddi.

Y llais a'i cadwodd yn fyw am fisoedd.

Y llais a brofai fod rhywbeth heblaw poen yn bodoli.

Ond roedd y geni'n gwaethygu. Roedd yna wawr ddu erbyn hyn yn lle bu'r machlud. Gwawr yn tyfu ac yn tyfu gan ddwysáu'n bigyn tywyll. Oedd hwn am ffrwydro hefyd? Oedd hwn am daflu ei wlych afiach dros y cae?

Roedd ei siâp yn newid trwy'r adeg. Yn sydyn, deallodd Nelan mai trwyn oedd y smotyn du. Trwyn! Ac yn sownd iddo – pâr o garnau.

Curodd ei chalon yn gynt a chynt. Roedd gan y Diafol

garnau. Oedd 'na gythraul ar ei ffordd o din y ddafad?

Roedd y trwyn a'r carnau yn amlwg erbyn hyn, yn llewyrchu'n ddu ac arian yn y goleuni. A'r peth nesaf a ddigwyddodd oedd bod neidr olau, wlyb yn llithro allan, yn hirfain a gludiog ac yn sownd i'r carnau du. Agorodd y ddafad ei cheg a thorrodd bref iasol ohoni, ac ar ganol y fref rhwygodd penglog allan i ganlyn y coesau. Pen cyfan oen bach. Clustiau. Llygaid.

Roedd hanner oen wedi cyrraedd y byd! Yn hongian yno tra daliai'r hanner arall i guddio'n y byd cynnes, llaith lle bu'n swatio tan hynny.

Ac ar hyd yr adeg roedd y ddafad yn diffygio. Yn hurt gan boen, codai a syrthiai bob yn ail, a'r hanner oen yn dal i hongian allan ohoni.

'Ty'd allan! Ty'd allan! Be sy haru chdi?'

A heb allu dioddef rhagor, estynnodd Nelan ei breichiau, ac â hynny o nerth oedd ganddi, caeodd ei dwrn am y coesau a thynnu'r oen allan yn gyfan.


Deffrôdd ar lawr y cae. Roedd 'na beth gwlyb yn treiddio trwy ei ffrog. Y ddaear laith yn ei bedyddio. Sylwodd fod ei breichiau'n wag. Gwrandawodd. Dim byd ond llonydd llethol.

Oedd yr oen a'r ddafad wedi marw? Wedi croesi ffin y cae i ryw fyd arall?

Ond pan gododd ar ei heistedd gwelodd wyrth o'i blaen. Dyna lle'r oedd y ddafad yn llyfu'r oen yn ddigon siriol, yn tynnu ôl y geni oddi ar ei gefn i'r haul gael treiddio iddo. Ac am yr oen ei hun, roedd hwnnw'n llanc i gyd, yn gwneud ei orau glas i godi ar ei draed ôl, ei gynffon yn siglo'n wirion.

Yn ddig – yn gynddeiriog – gadawodd Nelan y ddau lle'r oeddent. Wrth adael Cae Meini a gwneud ei ffordd tuag adref teimlai fod rhywun wedi'i thwyllo. Roedd 'na gast wedi'i chwarae arni. Gwawd. Brad, hyd yn oed. Ac nid y tylwyth teg fu wrthi, mi wyddai Nelan hynny. Doedd malais y bobl fach ddim mor frwnt â hynny.

'Heneiddio'r oedd y gryduras, mae raid.'

'Ond pam oedd hi'n geni oen os oedd hi'n rhy hen?' Roedd Nelan yn dal mewn penbleth.

'Taswn i heb fod yna, mi fysa 'di marw.'

'Mi oeddat ti yna,' rhesymodd Seffora. 'Ac mi 'nest ti bob dim yn iawn i helpu.'

'Ond be taswn i ddim?'

Nid atebodd Seffora, dim ond dal ymlaen i drwsio'r hosan yn hamddenol.

'Est ti i ddeud wrth Edward Robert?' holodd ymhen ychydig. 'Dwi'n siŵr mai ei ddefaid o sy'n pori Cae Meini a'r cae drws nesa.'

'Mi oedd y Sentars yn ei dŷ o. Felly esh i ddim yna.'

'Mae'n dda iawn gin i glywad. Paid ti â mynd ar eu cyfyl nhw. Maen nhw'n dal pobol yn eu gwendid. Edward – o bawb!'

Ysgydwodd Seffora'i phen yn araf wrth bwyth-dros-benio'r trwsiad i'w sowndio. Torrodd gynffon yr edafedd â'i dannedd.

Ond roedd Nelan yn dal arni.

'Pwy fysa 'di gofalu am yr oen – tasa'r ddafad 'di marw?'

'Nelan bach!'

'A bai pwy oedd o?'

Rhoddodd Seffora ei gwaith llaw i lawr a throi ati.

'Doedd 'na ddim bai ar neb, 'mach i. Mae'r pethau yma'n digwydd. Natur ydi o.'

'Gas gin i natur.'

'Ti'n rwdlan rŵan.'

'A beth bynnag,' aeth llais Nelan yn daerach ac yn daerach, 'ar yr oen 'na roedd y bai. Fo oedd y drwg. Doedd o ddim isio dŵad allan. Roedd hi'n well gynno fo aros lle'r oedd o.'

Aeth saib o ddistawrwydd heibio. Yn y man, dechreuodd Nelan snwffian. Cododd Seffora i roi tywarchen arall ar y tân. Anadlodd yn ddwfn wrth wylio'r gwreichion yn codi o'r talp mawn. Ymhen ychydig, daeth yn ôl a throi ei chadair i wynebu Nelan.

'Dwi'n gwbod be sy'n mynd trwy dy feddwl di. A 'dan ni 'di bod dros hyn sawl gwaith. Nid marw wrth dy eni di ddaru dy fam.'

Pob gair yn cael ei yngan yn araf ac eglur.

'Nid dy fai di oedd o, beth bynnag roedd neb yn ei ddeud. Ti'n clywad?'

'Digon hawdd i chi ddeud hynny.'

Cryfhaodd llais Seffora.

'Ydi, mae'n hawdd i fi ddeud. Achos mi oeddwn i yna.'

Cododd Nelan ei phen a syllu arni.

'Mi ddaru nhw 'ngalw fi ati,' esboniodd Seffora. 'Yn yr oriau ola'. Ond mi oedd hi'n rhy hwyr erbyn hynny.'

Pan welodd Seffora'r boen yn llygaid y fechan, trodd ei golygon i ffwrdd.

''Naethoch chi fethu ei helpu hi?' Roedd tinc cyhuddgar yn llais Nelan.

'Mi oedd y gwenwyn wedi mynd i'w gwaed hi.'

'Pa wenwyn?'

Oedodd Seffora. Roedd hyn yn anodd, anodd. Ceisiodd gadw'i llais yn wastad.

'Mae'n debyg bod rhywun – dy dad, mae'n debyg, ar ordors dy nain – wedi trio'i helpu hi trwy dynnu'r brych allan ar ôl y geni. A bod 'na dipyn o fudreddi… o'i law o… wedi mynd iddi. I mewn i gorff dy fam. Ac mi wenwynodd hwnnw hi.'

Cododd Seffora ei phen ac edrych i fyw llygaid Nelan.

'A dyna laddodd hi. Ti'n clywad? Nid y geni. Nid y chdi. Ond damwain. Blerwch rhywun arall.'

'Blerwch Harri.'

Ddywedodd Seffora ddim. Ond yn yr eiliadau hynny gwelodd holl boen y ddynoliaeth yn llifo dros wyneb y ferch. Galar. Tor calon. Euogrwydd. Dryswch ac annealltwriaeth. Ond hefyd, dicter. Cynddaredd.

'A 'naethoch chi ddim deud hyn wrtha' i tan rŵan?'

'Ti 'di bod mor wael. Mor fregus.'

Cododd Nelan yn ffyrnig ar ei thraed, ac meddai, ei llais prin i'w glywed ac eto'r geiriau'n gyrru iasau i galon Seffora:

'Dach chi 'di 'nhwyllo fi.'

Ac wrth droi oddi wrthi, poerodd:

'A dydi'ch hen ddail a'ch blodau chi'n da i ddim byd, yn amlwg.'


Syllodd Seffora ar y tân yn crynu. Dyna ni, roedd wedi'i ddweud o. Wedi defnyddio'r llafn. I dorri'r croen. I ollwng y crawn. A rŵan, gobeithio, gellid gwella'r dolur.

Daeth ton o'r felan drosti. Roedd ei chalon yn dyrnu mor galed, ofnai y byddai ei hasennau'n torri.

Roedd yr hogan yn iawn. Doedd ei meddyginiaethau gwerthfawr hi'n da i ddim byd weithiau.

Yn y man, trodd i edrych arni. Roedd hi bellach yn gorwedd yn ei gwely, y garthen yn crynu bob hyn a hyn wrth iddi grio'i hun i gysgu.

# 13

Llyncodd Boas weddill ei de, ysgwyd y diferion o'r botel a'i chadw'n ei sgrepan. Dilynodd ei ewyrth Ifan at ben ucha'r clogwyn. Synnodd wrth i galedrwydd undonog y chwarel ildio i wyrddni llwyni llus a rhedyn. Roedd porffor y grug yn drawiadol yn erbyn yr awyr las. A doedd yno ddim oglau llwch. Na phowdwr tanio. Na dynion yn chwysu.

'Fel hyn oedd y chwaral cynt?'

Edrychodd mewn rhyfeddod ar y copaon glas. Roedd y lle fel byd gwahanol. Gwenodd Bo wrth i ehedydd godi'n sydyn i'r awyr o'r grug gerllaw a thrydar yn fyrlymus.

'Ista di'n fan hyn i fwynhau'r olygfa tra dwi'n cael mygyn,' meddai Ifan, gan amneidio at garreg gyfagos. 'Wedyn mi gei roi cynnig ar y busnas creigio 'ma.'

A rhoddodd winc ar Bo.

Yn agos at ei draed roedd pry copyn yn gweu ei we'n hamddenol. Hwn oedd y tro cyntaf i Bo weld unrhyw bry nac aderyn yn agos i'r chwarel.

'Dacw fo Ros Chwilog,' tynnodd Ifan ei bibell o'i geg a phwyntio'i choes tua'r gorwel. ''Dan ni'n agos iawn at y môr, yli. Coda law ar dy fam. Mae hi'n siŵr o fod yn sbio heddiw.'

Cododd Bo ei law'n beiriannol, ond daeth â hi i lawr yr un mor gyflym. Gwnâi'r ystum iddo deimlo'n blentynnaidd.

'Mae Rhos Chwilog yn edrych yn fach o fan hyn,' sylwodd.

Oedd, roedd popeth yn wahanol o'r uchder hwn a'i lygaid heb arfer. Nid tai a phobl a llwybrau oedd i'w gweld, ond patrymau prydferth. Cris-croesi waliau. Clytiau o wrychoedd. Edau arian nant neu afon, a Llyn Padarn yn sgleinio isod fel llechen wedi'i chwyro. Ac o ran y coed, smotiau oedden nhw; pwythau yn y clytwaith.

'Reit, amsar i dy droi di'n chwarelwr go iawn,' meddai Ifan. 'O'r diwadd, ynde, was? Mae hwn yn ddiwrnod pwysig inni i gyd.'

Aeth at ymyl y clogwyn a gwyro at fachyn haearn a oedd wedi'i angori yn y graig. Dilynodd Bo ei ewyrth ychydig yn gyndyn, gan ei wylio'n tynnu'r rhaff a oedd wedi'i weindio o gwmpas ei ysgwydd a'i yrru trwy ddolen y bachyn. Yna clymodd y rhaff yn dynn unwaith, ddwywaith, deirgwaith.

'Hwn ydi'r bachyn crogi, yli. Hwn fydd yn dy ddal di.'

Crogi? meddyliodd Bo. Aeth ias drosto.

'Mae f'un i yn fan'na,' cyfeiriodd Ifan at ddolen debyg rai troedfeddi i ffwrdd. 'Mi fedrwn ni weithio ochor yn ochor.'

Estynnodd ben y rhaff i'w nai.

'Dyna ti, rownd dy glun. Dan dy gesail. Ac allan,' camodd yn ôl oddi wrtho. 'Dyna dy harnais di. Ti'n barod i ollwng dy hun i lawr?'

'Rŵan?'

'Does gynnon ni ddim trwy'r dydd. Mi fydd y lleill yn ôl o'u cinio cyn bo hir. Ia, wysg dy gefn.'

Edrychodd Bo mewn braw dros ei ysgwydd.

'Teimla dy lwybr efo dy draed. Dim tin-droi rŵan. Dwn i'm be sy matar arnat ti'n ddiweddar.'

Yr ciliad honno, ac yntau'n petruso, daeth rhywbeth annisgwyl i feddwl Bo. Meddyliodd am Nelan o bawb. Yn llygad ei ddychymyg gwelodd hi'n cymryd anadl sydyn, ac yna heb feddwl ddwywaith yn llamu oddi ar y clogwyn, ei breichiau tenau, cryf yn dal y rhaff, ei gwallt yn chwifio a'i llais yn galw arno i'w dilyn. Gyrrodd y llun yn ddig o'i feddwl. Fyddai byth raid iddi hi fentro'i bywyd fel y gwnâi o.

'Dos 'laen,' meddai Ifan yn fwy diamynedd. 'Lawr â chdi!'

Cymerodd ei ewyrth gam tuag ato. Ac am funud, a'r fath olwg anfoddog yn ei lygaid, amheuodd Bo fod ei ewyrth am ei wthio drosodd. Ymatebodd, a chamodd yn ei ôl yn ddifeddwl gan golli ei droedle. Dechreuodd lithro. Teimlodd y rhaff yn rhedeg dan ei ddwylo ac yn llosgi'r croen wrth i'w gorff sgrialu i lawr ochr y mynydd.

Dwi'n mynd i farw, meddyliodd mewn arswyd. Ond yn sydyn daeth y rhaff i stop a chnoi'n frwnt am gnawd ei glun. Ei ewyrth wedi rhoi'i droed arni, mae'n rhaid, a sowndio'r gynffon yn y bachyn.

'Chwilia am le i dy droed angori,' gwaeddodd Ifan arno oddi uchod. 'Mae 'na sil yn y graig yn fan'na ar y chwith. Estyn amdani.'

Ceisiodd Bo gicio â'i droed chwith. Ond doedd dim i'w deimlo ond gwagle. Ciciodd eto. Daeth y pry copyn yn ôl i'w feddwl. Rŵan roedd yntau'n hongian ar damaid o we. Dros ddibyn angau.

'Does 'na nunlla i'w deimlo!'

Doedd dim pwynt iddo siarad. Doedd neb yn ei glywed a'i lais yn syrthio. Daeth i'w feddwl y gallai Ifan fod wedi mynd a'i adael – i weld faint o ddyn oedd o. Pethau fel'na roedd ei ewyrth wedi bod yn eu gwneud yn ddiweddar. Pethau a fyddai'n profi – i bawb arall, yn ogystal â Bo ei hun – fod ynddo ddeunydd creigiwr. Fel petai o'n synhwyro gwendid.

Siglodd y rhaff o ochr i ochr wrth iddo gicio a stryffaglu. Dim ond y fo oedd yno. A'r rhaff. A'r mynydd. A dim byd, yn agor fel ceg agored oddi tano. Mor hawdd

131

y cododd yr ehedydd i'r awyr gynnau. Mor hawdd y byddai yntau'n disgyn.

Teimlodd ei hun yn trymhau. Roedd ei freichiau'n gwanhau. Ei dalcen a'i ddwylo'n berwi o chwys. Y rhaff yn mynd yn llithrig. Llifodd defnyn o'r chwys dros ei ael a mynd i mewn i'w lygad, fel deigryn yn trio dod adref. Dallwyd Bo am eiliad. Doedd o'n gweld dim. Na chlywed dim. Na theimlo nac ogleuo dim. Dim ond blas y chwys afiach, llychlyd yn llifo i'w geg. Ai dyna fyddai'r peth olaf a flasai? Blas ei hun yn marw yn y chwarel.

Eto, roedd o'n dal i deimlo poen. Cur yn dyrnu'i ben. Ffibrau'r rhaff yn tyllu ei ddwylo. Fi goes wan yn pwnio gan nad oedd dim i'w chynnal.

Rhoddodd y gorau i gicio a cheisio edrych i fyny i chwilio am Ifan, ond daeth pendro drosto. Gwyddai y byddai cyn hir yn gollwng. Fyddai hynny ddim yn ddrwg i gyd, meddyliodd. Gwynfyd y cwympo. Ond wedyn: cywilydd y glanio. Yn swp wrth draed y dynion eraill ac wedi methu. Wedi gwneud sôn amdano'i hun. Ddim yn ddigon o ddyn. Cripil. A byddai pawb yn tewi am funud, yn ysgwyd eu pennau, ac ambell un yn dweud yn ddistaw bach eu bod wedi amau erioed oedd o'n ddigon tebol i weithio'n y chwarel. Yna byddent yn penderfynu pwy fyddai'n gorfod rhofio'i gorff o ar yr elor. A phwy fyddai'n gorfod torri'r newydd i'w fam. Rhoi'r clod iddi, o gael mab a fu farw'n arwr.

Ac yn ei eiliadau olaf, wrth hongian felly dros y graig yn methu ffeindio'i droedle, meddyliodd Bo am Guto, prentis y taniwr. Bo ddaeth o hyd i Guto ar ôl y ddamwain. Ar ôl i'r mwg glas gilio. Roedd y ffrwydrad wedi dod yn rhy fuan ar ôl y corn rhybudd a phawb yn y cwt mochal yn gwybod bod yr ergyd wedi camsaethu. Gwynion eu llygaid yn lledu. Ond fo, y fengaf yno, wnaeth ffeindio Guto.

Ac yn awr, daeth darlun o Guto'n farw i'w feddwl. Nid wyneb oedd ganddo. Rhosyn oedd ei ben. Rhosyn coch tywyll, ac ambell ddant gwyn yn sgleinio ar y petalau fel diferion o wlith. Dim ceg. Dim gên. Ar ei frest roedd ei law chwith yn gorwedd, fel petai'r hogyn dan deimlad. Nid llaw ond crafanc cudyll. Dim ond bawd ac un bys. Roedd y tri bys arall wedi eu llarpio.

Mi ddaethant o hyd i'w goes mewn llwyn eithin, y rhaff yn dal amdani.

Ond y grafanc a gofiai Bo. Hynny a'r oglau cig moch yn ffrio.

Rŵan byddai yntau'n gig fel Guto. Efallai y gwelai o yn y nefoedd. Oedd o'n haeddu mynd i'r nefoedd? Oedd o'n credu mewn nefoedd?

Onid nefoedd oedd peidio bod yn yr uffern yma?

Dechreuodd ollwng.

Cyffyrddodd ei esgid yn rhywbeth. Teimlodd ei fodiau'n cydio. Edrychodd Bo i lawr yn syn. Roedd yno ryw fath o ris yn estyn ato. Na, nid darn o graig arferol, ond rhywbeth tebyg i silff lwyd, olau. Roedd yn debycach i ddarn o gwmwl solet na dim byd arall, ond mentrodd sefyll arni. Er syndod iddo, teimlodd hi'n ei gynnal. Yn fwy na hynny, teimlodd y sil yn ei dynnu ati. Fel petai hi'n ddarn o dynfaen, yn ei ddenu ac yna'n ei ddal yno.

Daeth â'i bwysau i lawr. Roedd y peth yn rhyfedd. Daliodd y ris yn gadarn dan ei ddwy droed. Roedd ci goesau'n crynu mewn gollyngdod. Arhosodd yno am funud gan fethu credu. Roedd 'na rywbeth wedi'i arbed, ac erbyn hyn, roedd y sil dan ei draed yn ei gynhesu, roedd 'na wres yn codi ohoni trwy wadnau ei esgidiau a rhoi nerth i'w goesau. Roedd hi'n ei wahodd i ddringo, i ddringo allan o'r affwys ofnadwy.

Cymerodd gam tuag i fyny. Daeth sil arall i'r adwy; ymddangos o ganol nunlle, fel tawch o'r mynydd. Camodd arni. Roedd honno hefyd yn ei ddal a'i ddenu. A'r nesaf. Dechreuodd esgyn, un ris lwyd ar ôl y llall, a'r rheiny'n dod ato'n esmwyth. Pan godai un droed ymddangosai'r nesaf.

Ni allai gredu. Roedd y mynydd ei hun yn ei gynnal.

Yn y man daeth at y sil a fwriadwyd iddo. Fan hyn roedd i fod i weithio. Roedd olion chwarelydda yno'n barod. Diflannodd y siliau llwyd, a safodd yntau'n syfrdan, gan adael i'r rhaff ddisgyn o'i ddwylo. Cododd ei law i deimlo'r graig o'i flaen.

Pan drodd ei ben i edrych i lawr, doedd dim golwg o'r grisiau.

Diferai rhywbeth gwlyb i lawr ei wyneb. Chwys. Dagrau. Wyddai o ddim, ddim mwy. Teimlai mai'r mynydd ei hun a'i bedyddiai. Pwysodd ei dalcen ar dalcen oer y graig a chau ei lygaid. A dyna lle'r oedd pan gyrhaeddodd Ifan.

'Dim gwaeth, gobeithio?'

Rhoddodd sgwd i'w fraich.

'Pob dim yn iawn?'

A heb ddisgwyl am ateb, dywedodd:

'Mi fydd hi'n haws tro nesa.'

Trodd Bo i edrych arno.

'Mae'n bwysig i ti ddysgu ffeindio dy draed dy hun y tro cynta,' aeth Ifan yn ei flaen. 'Magu greddf. Ti'n da i ddim heb honno.'

Fel petai mewn breuddwyd, syllodd ar ei ewyrth yn mynd i boced ei gôt i estyn am ei gŷn a'i forthwyl. Ac fel petai hynny y peth mwyaf naturiol yn y byd, fel petai eu sefyllfa orffwyll nhw yno, ochr yn ochr ar sil gul ar ochr mynydd a dim ond nerth eu breichiau'n gynhaliaeth, fel petai hynny'n gwbl arferol a rhesymol, gorchmynnodd i Boas dalu sylw iddo. Roedd ganddo grefft newydd angen ei dysgu. Darllen y graig er mwyn ei malu.

Ac rŵan roedd o'n cydio yn llawes côt ei nai, gan ei dynnu'n nes i ddangos iddo sut oedd teimlo'r llyfn a'r garw yn y graig, a dod o hyd i'r wythïen, a gosod blaen y cŷn yn y gwendid, a'i slantio i gael y toriad cyntaf yn lân. Ac yna – peltan iddi.

Aeth ysgytwad dros Bo.

Drosodd a throsodd, gwyliodd ei ewyrth yn codi'i fraich a dod â'i ordd i lawr yn galed ar ben y cŷn cyn ei symud, fodfedd wrth fodfedd ar hyd y gwendid. Teimlodd y dirgryniadau'n gyrru trwy'r mynydd, yn codi'n riddfan ac ocheneidiau trwy ei gorff ei hun ac yn ei ysgwyd. Y dwylo mawr yn ysu, ysu dros gnawd y graig, yn bodio ac yn gwasgu, yn chwilio am yr union le i ledu'r hollt ynddi. Blaen y cŷn yn suddo. Yr ordd yn codi. Yn dod i lawr. Peltan arall.

'Yli,' cyffrôdd Ifan. 'Yli! Mae hi'n dod i ffwrdd yn naturiol. Mae hi isio dod yn rhydd. 'Dan ni angan y trosol!'

Ac o'i boced arall – yr erfyn olaf. A'i ewyrth yn gweithio'r toriad i'w gyflawnder, a'r piler enfawr o lechfaen yn plicio i ffwrdd o'r mynydd mor rhwydd â thalp o fenyn.

'Symuda o'r ffordd,' meddai Ifan yn gynnwrf i gyd. 'Ti'm isio mynd i lawr i'w chanlyn hi.'

136

Ac yna, gan wyro dros y gwagle, rhoddodd floedd hir, groch o rybudd buddugoliaethus. Trodd at y talp o graig. A chydag un hergwd, gyrrodd hi'n derfynol dros ymyl y dibyn.

Gwrandawodd Bo ar yr eiliad o dawelwch. Yna: taran ddigamsyniol y glanio. Doedd yna ddim byd wedyn ond disgwyl i'r llwch ddyrchafu.

Pwysodd Ifan yn ôl yn fodlon yn erbyn y graig, gan godi'i lawes i sychu'i dalcen.

'Whiw! Hapus?'

Nid atebodd Bo.

'Chdi rŵan.'

Safodd yntau'n llonydd o'i flaen.

'Dy dro di rŵan,' meddai Ifan yn fwy pwysleisiol.

Daeth crych i'w dalcen.

'Yli, be sy matar arna chdi? Dwi'n dechrau cael digon ar hyn...'

'Fedra' i ddim,' meddai Bo, a chodi ei olygon ato.

Roedd Ifan yn edrych fel petai rhywun wedi ei daro.

'Be ddeudist ti?'

Llyncodd Bo ei boer.

'Dwi'm isio gneud hyn.'

Cododd ei lais:

'Dwi'm isio bod yn greigiwr.'

'Ddim isio bod yn greigiwr?'

Pob gair yn rhy araf.

'Dwi'm isio gneud hyn ar hyd 'y mywyd. Dwi'm isio marw'n ifanc.'

A'i lais yn torri:

'Dwi'm isio malu'r mynydd 'ma.'

Rhoddodd Ifan chwerthiniad o anghrediniaeth.

'Ddim isio malu'r mynydd? Be gythraul wyt ti'n meddwl mae chwarelwr yn ei neud, boi?'

Aeth ei wefusau'n dynn.

'Ti'n gneud hyn a dyna ddigon. Sgin ti ddim dewis. Arglwydd mawr! Ddim isio, myn cythraul. Ti'm isio cyflog chwaith, nag wyt? Nac unrhyw fath o ddyfodol i chdi dy hun, a dy deulu?'

'Nesh i ddim deud hynny.'

'Cachwr bach wyt ti,' cynhyrfodd Ifan. 'Yn union fatha dy dad. Cachwr sy'n methu wynebu ei gyfrifoldebau.'

Gyda'r sôn am ei dad, torrodd y gynddaredd yn Bo:

'Pryd dach chi am stopio 'nghymharu fi efo hwnnw? Chi a Mam. Nid fo ydw i. Fi ydw i.'

'Profa dy hun yn wahanol, 'ta!'

'A dach chi'n meddwl mai chi ydi 'nhad i,' aeth Bo yn ei flaen yn chwerw. 'Yn fy iwsio i. Achos bod Huw yn dwpsyn ac wedi'ch siomi chi.'

'Efo fi ti'n siarad, y llanc bach?'

Ac am yr eildro y diwrnod hwnnw, meddyliodd Bo fod Ifan am ei wthio dros y dibyn.

A'r gwir arall, sylweddolodd Bo wrth wylio'i ewyrth

yn codi ei law yn barod i'w fwrw, oedd bod yn well gan Ifan weld ei nai'n marw mewn 'damwain' na methu bod yn 'ddyn' o flaen y gweddill.

'Ar ôl pob dim dwi 'di neud i chdi!' chwyrnodd Ifan.

Cododd Bo ei fraich i'w warchod ei hun. Ond yn yr union eiliad honno daeth gwaredigaeth iddo. Ymyrraeth o ben y clogwyn. Cawod o gerrig mân a phridd. Ac yna lais rhywun yn gweiddi:

'Ifan! Îf – ty'd! Brysia! Mae Dic 'di rhoi peltan i un o'r syrfëwrs. Mae'n draed moch yna. Brysia! Maen nhw 'di dechrau cwffio!'

Daeth newid dros wyneb Ifan. Llonyddodd. Sythodd ei wegil. Slantiodd ei ben tuag i fyny, rhag ofn bod cenadwri arall ar ddod, a phan glywodd ei enw'n cael ei alw eto, ac yn daerach y tro hwn, sgwariodd ei ysgwyddau. Roedd arnyn nhw angen ei gymedroldeb.

Taflodd gip dirmygus tuag at ei nai.

'Ga' i air efo chdi eto. Os ffeindi di byth dy ffordd o 'ma.'

Aildynhaodd y rhaff yn harnais amdano, a dringodd i fyny'r graig gan adael Bo'n amddifad.


Daliodd i sefyll yno am sbel, yn syllu i'r bwlch lle bu Ifan. Y tu hwnt i'r bwlch roedd bwlch mwy: yr archoll gignoeth lle trychwyd darn o fol y mynydd. Meddyliodd

Bo am y piler yn disgyn fel darn ohono'i hun yn mynd. Camodd at y clwyf agored a phwyso'i gefn yn erbyn y graig.

Mae gin i ddewis, meddyliodd.

Yn y man, dechreuodd ddringo. Cropian fodfedd wrth fodfedd i fyny. Bachu. Sgrialu. Llithro am fod ei goes yn wan. Dal yn dynn, serch hynny. Dal i esgyn, doed a ddelo, gan gofio am y grisiau llwyd. Roedd y mynydd ei hun wedi rhoi sicrwydd iddo.

Safodd ar ben y clogwyn a'i goesau'n crynu. Roedd ei ddwylo a'i benliniau'n gwaedu.

Clywodd dwrw'n codi o'r gwaelod. Roedd y brotest yn parhau. Gadawodd y rhaff yn swp lle'r oedd, a cherddodd i lawr i'r chwarel i ymuno.

# 14

'Sut mae gwneud lliw gwyrdd?' holodd Nelan.

'Banadl.'

'A glas?'

'Ffrwyth ysgaw – rhaid inni ddisgwyl tan ddiwadd yr ha.'

'A be am goch?'

'I gael coch,' meddai Seffora, 'mae raid mynd at Gaer Siddi lle'r mae'r gwreiddrudd yn tyfu.'

'Be ydi gwreiddrudd?'

Ailadroddodd Nelan yr enw. *Gwreiddrudd*. Gair anodd ei ddweud fwy nag unwaith.

'Blodau bach melyn fel sêr,' esboniodd Seffora.

'Dwi'm yn dallt. Mae banadl yn felyn ond yn rhoi lliw gwyrdd. Ac ysgaw yn ddu ond yn gneud lliw glas. Ac wedyn mae 'na flodau bach melyn fel sêr yn rhoi lliw coch?'

'Gwreiddyn y rheiny sy'n bwysig, ddim eu petalau nhw. Gwreidd-rudd. Gair arall am goch ydi rhudd.'

Ochneidiodd Nelan.

'A sbïwch ar hwn. Am siom!'

Cododd swp o wlân a fu'n mwydo mewn trwyth o

flodau'r grug ers dyddiau, gan grychu ei thrwyn wrth wylio'r dyfroedd melyn yn rhaeadru.

'Mi 'nesh i egluro wrthat ti,' meddai Seffora'n bwyllog. 'Mae 'na adwaith yn digwydd. Lliw newydd yn cael ei greu. Chdi sy byth yn gwrando.'

Roedd yn rhaid i Nelan gydnabod hynny. Roedd esboniadau Seffora'n dreth ar ei hamynedd, ei sylw hithau'n crwydro.

'Wel, porffor o'n i isio,' mwmialodd wrth fynd i daenu'r cnu ar bigau'r rhosyn gwyllt i sychu.

'Rhaid i ti ffeindio cen i gael porffor,' roedd Seffora'n awyddus i'w dysgu. 'Y crystyn lliwgar 'na sy'n tyfu ar gerrig – un math arbennig ohono fo. Mae o'n tyfu ar garrag ar lan môr Llanfair-is-gaer. Awn ni i chwilio amdano, os lici di.'

Ysgydwodd Nelan ei phen ar ei hunion.

'A' i byth i fanna eto. Byth. Dach chi'm yn cofio? Fan'no ddaru nhw ffeindio Harri 'di boddi. Mae ei ysbryd o'n siŵr o fod yna.'

Rhoddai'r argraff nad oedd ots ganddi. Ond gwyddai Seffora nad ar draeth Llanfair-is-gaer yn unig yr oedd ysbryd Harri'n cyniwair. Roedd yn ymweld â Thyddyn Bolyn hefyd, yn enwedig pan oedd Nelan yn cysgu. Roedd y gorffennol yn dal i'w phoeni.

'Wyt ti'n meddwl amdano fo weithiau?'

'Byth,' atebodd Nelan. 'Dwi'n falch nad ydi o yma.'

Trodd at Seffora.

'Ydi hynny'n beth drwg i'w ddeud?'

'Nacdi, 'nghariad i,' sicrhaodd Seffora hi. 'Roedd o'n gas iawn efo chdi ac rŵan mae hynny 'di pasio. Tydi?'

'Ydi,' meddai Nelan yn gadarn.

'Rŵan,' aeth Seffora yn ei blaen, 'pam nad ei di i olchi'r cnu 'na gest ti gin Edward? Cael y saim i gyd ohono fo. Ac wedyn, mi fedri fynd ati i liwio hwnnw.'

Cytunodd Nelan yn frwdfrydig. Hud a lledrith oedd y cyfan iddi hi, er gwaethaf esboniadau Seffora. Eich bod yn medru trochi gwlân mewn dŵr lleisw, ac ychwanegu petalau blodau, dail, cen, rhisgl coed neu ffrwythau ato, a'i fod yn cael ei drawsffurfio ymhen ychydig ddyddiau'n lliw llawer prydferthach na'r llwydwyn gwreiddiol. Ac fel roedd Seffora wedi dangos iddi, o ychwanegu hoelen neu geiniog goch, neu lond dwrn o 'falau derw, neu hyd yn oed goesyn riwbob, at y trwyth, byddai'r lliw'n wahanol eto.

Aeth ati'n eiddgar i sgrwbio'r cnu, gan fwynhau teimlad y gwlân rhwng ei bysedd a'i bodiau. Mor braf oedd cael bod allan yn yr ardd fel hyn, y ddwy ohonynt yn eistedd yng nghwmni ei gilydd yn sgwrsio a rhoi'r byd yn ei le. Mwynhâi Nelan holi am y pethau a bwysai ar ei meddwl, am y materion a barai benbleth iddi, am y cwestiynau nad oedd ganddi ateb iddynt. A heddiw, am unwaith, roedd ganddi Seffora i gyd iddi'i hun, a hithau'n cymryd diwrnod o hoe ar ôl wythnos brysur o ymweld â'i chleifion.

Roedd Seffora hithau'n fwy na balch o'r gorffwys. Pwysodd yn ôl yn ei chadair a gwylio Nelan yn bwrw iddi, gan wrando arni'n mynd trwy'i phethau. Mor braf oedd gweld asbri ac angerdd y plentyn ynddi eto, er nad plentyn mohoni mwyach.

Yn sŵn y dŵr yn tasgu, crwydrodd golygon Seffora dros yr ardd ac allan tua'r gwrychoedd. Roedd yr heulwen yn dyner, a phob deilen a phetal yn eglur. Syllodd mewn edmygedd ar y blodau amryliw. Gwynder y botwm crys. Melyn y blodyn menyn. Pinc blodau'r taranau a'r goesgoch. Glas clychau'r gog. Ac ewyn y gorthyfail a'r erwain yn berwi trwy'r cyfan, yn creu undod hyfryd o'r cyfan.

Llithrodd ei threm yn araf y tu hwnt i'r gwrychoedd a thua'r rhostir lle'r oedd hadau ysgall fel plu yn morio ar gefn yr awel. Cadernid y mynyddoedd. A thu hwnt i'r rheiny, y glesni diderfyn, a'r ddau gwmwl gwyn acw yn araf ymrolio, eu terfynau'n ymdoddi'n barhaus, y siapiau'n ymddatod ac ailymffurfio. Gronynnau'n ymledu. Gronynnau'n ailymgynnull. Roedd y cyfan yn rhyfeddol.

Aeth synau'r byd yn bellach ac yn bellach oddi wrthi. Ni chlywai ddim yn awr ond sŵn cacynen yn suo wrth ei hymyl, y si'n distewi wrth iddi blymio ar ei phen i berfedd un o fyslenni porffor bysedd y cŵn, ac yna'n chwyddo eto wrth iddi hedfan allan yn feddw gan neithdar. Gwyliodd Seffora hi'n symud o gwcwll i gwcwll yn brysur. Gwyn ei byd, y gacynen. A gwyn fyd y blodyn tal, urddasol a fu'r fath achubiaeth iddi hithau. *Digitalis purpurea.* Y rhin a'i gwarchododd rhag gwendid y galon, rhag rhannu tynged ei thad cyn pryd. Diolchodd Seffora'n dawel i'r blodyn.

Trymhaodd cloriau ei llygaid. Ar y ddaear wrth ei thraed roedd chwilen ddu'n igam-ogamu'n brysur, ei chefn mor loywddu â darn o lo. Yn nes ati, wrth ei chlun, glaniodd glöyn byw ar goes brwynen, gan agor ei adenydd ar led i ddatgelu ei batrwm cyfochrog trawiadol. Drych a ddwysâi, meddyliodd Seffora. Adlewyrchiad a gynyddai. Dwyfoldeb y dwbl. Un ac un yn dri.

Daeth yr adenydd ynghyd fel llyfr yn cau ei gloriau. Y glöyn yn hel ei egni i ymadael. Yna cododd a hedfan. Ei liwiau'n tasgu i bob cyfeiriad, yn gweddnewid yr awyr.

Ni fu'r byd erioed mor hardd â heddiw. Gad iddo aros fel hyn, meddyliodd Seffora'n drist. Gad i amser sefyll. Gad i newid beidio â bod.

Hi a fynnodd erioed mai newid oedd bywyd.

'Seffora, dach chi'n crio?'

'Crio? Pam fyswn i'n crio ar ddiwrnod mor braf?'

'Mae'n edrach fel tasach chi'n crio,' meddai Nelan yn amheus. 'Mae'ch llygad chi'n dyfrio.'

'Llyfreithan sgin i,' esboniodd Seffora. 'Mi fedra' i ei theimlo hi'n cosi. A deud y gwir, fysat ti'n nôl llwy i mi, llwy bwdin, i mi gael ei thrin hi?'

A gwyliodd Nelan yn chwilfrydig wrth i Seffora gynhesu'r llwy yn yr haul, cyn ei gosod yn ofalus ar y llyfreithen.

'Mae'r metal poeth yn toddi'r crawn, yli,' eglurodd. 'I wella'r casgliad.'

Syllodd Nelan arni, a phowlen y llwy'n gorchuddio'i llygad, a choes y llwy'n dod allan o ochr ei phen fel padell ffrio. Yn sydyn, torrodd i chwerthin.

'O, Seffora, dach chi'n edrach yn wirion bost!'

Daeth Seffora â choes y llwy i lawr. Dechreuodd chwerthin ei hun. Chwarddodd y ddwy gyda'i gilydd nes eu bod yn fodlon – a sychedig.

'Mi wna' i banad inni,' cynigiodd Seffora.

'Na, steddwch chi,' meddai Nelan yn famol. 'Dach chi'n haeddu hoe heddiw. A dach chi'n meddwl bysa'n iawn imi nôl y dröell 'run pryd? Mae'n biti gweithio'n y tŷ ar ddiwrnod braf fel heddiw.'

Cyn hir roedd Nelan yn bustachu o'r tŷ a'r dröell yn ei breichiau, a Seffora'n ei helpu i'w gosod ar wastad rhag i'r bobin wamalu. Gwyrth o beth oedd y ddyfais i Nelan: yr olwyn a allai droi heb i neb ei chyffwrdd. Dim ond tapio'r dradl â'r droed a byddai'r hud yn digwydd. Y dradl yn troi'r olwyn fach. Yr olwyn fach yn troi'r olwyn fawr. Y cnu'n cael ei dynnu i mewn a'i drawsnewid gan y peiriant, cyn ailymddangos yr ochr draw yn belen gynyddol o edafedd. Bu Nelan yn dysgu trwy gydol y gaeaf, ac erbyn hyn roedd yn feistres ar y dechneg, yn gallu bwydo'r cnu heb i'r ffibrau dorri a chan gadw'r edafedd yn gyson ei wead.

Tawodd y ddwy yn sŵn miwsig y dröell: clecian cyson y dradl ar lawr, suo chwyrlïog yr olwyn, canu grwndi'r mecanwaith. Syllai Nelan yn fyfyriol trwy adenydd y dröell. Syllai Seffora dros ymyl ei phaned ar Nelan.

Mor dlws oedd hi, meddyliodd. Mor iach yr olwg. Mor ifanc! Ac eto, roedd hi'n tynnu at y pymtheg oed erbyn hyn. Ac wrth feddwl felly am ehediad amser, daeth cywilydd sydyn dros Seffora. Mor hunanol y bu. Mor farus. Mor dwyllodrus hefyd! Cadwodd y fechan yn gaeth i'w thŷ, gan ei thwyllo'i hun mai dros dro y byddai yno, dim ond nes iddi wella. Roedd ymhell dros dair blynedd ers hynny.

Ac yn y cyfamser, daeth i arfer â'i chwmni. Na, roedd yn waeth na hynny. Roedd wedi dod i ddibynnu arni. Hi a fu mor falch o'i hannibyniaeth erioed! Yng nghwmni Nelan, roedd popeth yn wahanol. Goleuni'n oleuach. Cysgodion yn ddwysach. Lliwiau'r byd yn gryfach. Trodd llawenydd yn orfoledd, a daeth min egrach i bryder. Ac ynghanol hyn i gyd, wrth i'r rhod droi o ddydd i ddydd – roedd wedi dod i'w charu.

A pha hawl oedd ganddi arni? Dim!

O, roedd arni fai!

'Seffora? Ydi'ch llyfreithan chi'n dyfrio eto?'

'Ydi, bosib,' chwilotodd Seffora am y llwy. 'Isio gofyn rwbath roeddat ti?'

Daliodd Nelan ati i anwesu'r cnu yn ei chôl, ei fwydo'n ddeheuig i'r dröell.

'Ydach chi'n cofio'ch mam?'

'Rargian. Dim ond co' plentyn sgin i ohoni. Mi fuodd hi farw o'r frech wen pan o'n i'n chwech oed. Ti'n cofio fi'n sôn?'

Roedd Nelan yn cofio'n iawn. Dyna pryd y cafodd Seffora'r patrwm plu eira ar ei hwyneb.

'Pam ti'n holi, 'mach i?'

'Gweld ei Beibil hi neithiwr wrth chwilio am lyfr i'w ddarllan.'

'Wel, paid â darllan hwnnw. Mae o'n llawn nonsens.'

'Nid dyna mae Edward yn ei ddeud.'

Anwybyddodd Seffora'r sylw.

'Llyfr defnyddiol i gadw samplau pwysig.' Trodd Seffora'r stori. 'Llwyth o dudalennau, a phob un yn cael llonydd.'

'A'r hedyn hwnnw,' meddai Nelan. 'Hwnnw roddodd Bo i fi ers talwm.'

Saib.

'O, mi welist ti hwnnw. Yr angal gynt.'

'Mi o'n i'n gwbod mai hwnnw oedd o achos y staeniau mwyar duon arno fo,' daliodd Nelan i nyddu. 'Ddaru chi ddim ei blannu fo?'

Edrychodd Seffora'n anghysurus.

'Doeddwn i'm isio sycamorwydden fawr yn taflu'i chysgod dros y tŷ a'r ardd 'ma. Wyt ti'n flin efo fi am beidio?'

Rhoddodd Nelan chwerthiniad ysgafn.

'Dwi'n gwbod mai fan'no dach chi'n cadw'ch *specimens* pwysig. Mi 'neith yr hedyn bara am byth rŵan. Ac mae o'n denau, denau fatha papur.'

Tawodd y ddwy gan ymgolli yn eu meddyliau.

'Be am dy hedyn di? Ydi hwnnw 'di tyfu?'

'Dwn i'm. Dwi heb fod yn y ffau 'na ers… cyn i Nain farw.'

'A be am Bo?'

'Be amdano fo?'

'Fyddi di'n meddwl amdano fo weithiau?'

'Na fyddaf. Byth.'

Ac olwyn y dröell yn cyflymu mymryn.

'Edward oedd yn deud y diwrnod o'r blaen.'

'Deud be?'

'Bod Boas, wedi, wsti, wedi colli'i ffordd dipyn bach.'

'Colli'i ffordd?'

'Cicio dros y tresi. Dyna be glywodd Edward. A finnau wedyn yn meddwl – tybad wyt ti ddim awydd mynd i'w weld o? I weld sut mae o?'

Yn raddol, llonyddodd yr olwynion.

'Mae gin i fywyd newydd rŵan.'

Ailafaelodd yn ei gwaith. Tap-tap-tap y dradl ar y llawr. Yr olwyn fach yn troi'r olwyn fawr yn troi'r bobin. Ffibrau amrwd y cnu'n cael eu troi'n edafedd. A'r bellen ar y pen yn troi a throi a thyfu a thyfu.

'Mi ddewisodd Bo droi ei gefn arna' i. Ac fel dach chi'n deud, Seffora, ein dewisiadau ni sy'n gneud ein bywydau ni.'

'Ond,' dadleuodd Seffora'n ôl, 'mi ddoth o â chdi yma y noson honno. Mi achubodd o dy fywyd di.'

'Chi achubodd 'y mywyd i.'

'Mi helpodd o chdi, 'ta.'

'Do,' gwenodd Nelan, a thaflu cip llawn cariad tuag ati. 'Mi helpodd o fi ffeindio chi, Seffora.'

# 15

Roedd tafod y dyn yr un lliw â chefn broga, ac yntau'n sefyll o flaen drws y Ship yn morio canu. Pan gamodd Nelan heibio clywodd oglau sur ar ei wynt. Roedd twrw'r dref yn fyddarol. Merched yn blagardio. Plant yn gweiddi. Cŵn yn cyfarth. Daeth sŵn pedolau o rywle a diflannu eto. Gwthiodd Nelan yn ei blaen trwy'r dorf a bwrw i mewn i gwlwm o bobl ar y Pendist lle'r oedd merched yn gwerthu grug a mawn. Yn y gornel roedd 'na ddyn tenau a'i goesau ar led a'i draed mewn cyffion.

'Ffernols drwg!' gwaeddodd ar yr hogiau a daflai wymon ato. 'Cymwch biti, y ffernols drwg!'

Llifai gwaed yn slafan o dwll ei drwyn. Trodd Nelan i ffwrdd. Gadawodd i'r llif o bobl ei chario ar hyd y Bont Bridd a thua'r canol. Wrth gyrraedd y Maes, y dyrfa'n llacio, gallodd deimlo'i thraed ei hun eto a safodd am funud i fwynhau awyrgylch y lle cyn troi at ei chyrchfan.

Wrth agoriad Stryd Llyn tynnodd y styllen o'i sgrepan. Roedd Seffora wedi gosod dwy goes ar golyn ar bob pen i'r pren fel y gallai godi stondin iddi ei hun yn y fan a'r lle. Dadbaciodd y sanau'n ofalus a'u taenu mewn ffordd ddeniadol ar ei stondin. Roedd wedi sylwi mai dyma'r ffordd yr âi gwragedd fferm Nantlle ac Eifionydd adref, eu pyrsiau'n llawn ar ôl gwerthu eu caws a'u menyn. Roedd am i liwiau cryf y sanau ddal eu llygaid. Gwyddai eu bod yn gwerthfawrogi ei gwaith llaw – gwead gwastad y pwythau a choethder lliwiau'r gwlân. Ar ddiwrnod da câi hyd at swllt y pâr am y sanau.

Wrth i'r prynwyr fynd a dod syllodd hithau allan dros y Maes yn ei brysurdeb. Hoffai edrych ar yr holl wynebau gwahanol a chlywed y lleisiau cymysg, heb sôn am y plu, a'r clegar, a'r gweiryru, a'r brefu, a'r miri i gyd. Mor wahanol i'r rhos a'i llonyddwch.

Erbyn cinio roedd y sanau i gyd wedi eu gwerthu, a hithau'n stwffio'r olaf o'r pishys pres i boced gudd ei gwregys. Plygodd y styllen a'i phacio eto, yna i ffwrdd â hi ar draws y Maes i anturio.

Roedd wedi ofni y tro cyntaf y daeth i'r dref. Y tro hwnnw roedd wedi gafael yn dynn yn nwylo Seffora trwy'r diwrnod. Ond heddiw teimlai nad oedd ganddi ddim i'w ofni, er mai dyma'r tro cyntaf iddi fod yma ei hun. Penderfynodd wrth deimlo haul yr ha' bach yn mwytho'i thalcen yr âi am dro bach at y Cei cyn troi am adref. Dim ond am sbec. Dim ond am chwarter awr i weld beth oedd yno. Fyddai Seffora ddim callach. Beth bynnag, nid plentyn mohoni.

Aeth heibio i'r castell, cyn dilyn ei thrwyn i lawr trwy

borth y dref ac allan at yr aber. Safodd yn syn wrth weld prysurdeb y Cei o'i blaen. Coedwig o fastiau llongau. Hwyliau fel peisiau budron yn hongian oddi arnynt. Gwylanod yn hofran a nadu. Roedd yno gannoedd o bobl o bob lliw a llun yn gwau rhwng ei gilydd, yn forwyr ac yn filwyr, yn werthwyr cocos, yn weision ffermydd ac yn ferched beiddgar. Roedd yna ddyn yn canu baledi. Roedd yna gwnstabl yn chwythu chwiban. Rhai'n sgwrsio. Rhai'n synfyfyrio. Sawl un yn gweithio er ei bod yn ddiwrnod ffair, yn morthwylio cadwyni a thrwsio rhaffau a pheintio pyg ar breniau llongau. Ac yn gefnlen i'r cyfan roedd y môr yn gant a mil o sylltau arian yn disgleirio tua'r gorwel.

Wrth wneud ei ffordd ar hyd y Cei gadawodd i'w meddyliau grwydro. Cyn hir, daeth i sefyll wrth lanfa Porth yr Aur lle'r oedd y cychod fferi'n docio, y rhai a ddôi drosodd o Fôn yn cario llwythi o bobl a nwyddau. Cofiodd ei thad yn sôn mai felly y daeth ei mam i'r dref. Roedd o wedi'i gweld yn camu oddi ar y cwch, meddai o, yn cario basged yn ei dwylo. Ac wedi methu tynnu ei lygaid oddi arni. Roedd wedi ei dilyn at y Maes ac wedi ei gwylio o bell yn gwerthu ei menyn i gyd. Yna, cyn diwedd y dydd, roedd wedi gofyn iddi ei briodi. Yn fuan wedyn mi wnaethon nhw hynny, meddai ei thad. Ac ymhen llai na blwyddyn ganwyd Nelan. A bu farw Mami.

Felly'r adroddai ei thad y stori.

Cofiai Nelan ei lais yn dod i ben bob hyn a hyn. Byddai'n distewi. Yna'n ailafael yn yr hanes heb edrych arni. Honno oedd yr unig stori a adroddodd wrthi erioed. Doedd Nelan erioed wedi cael ei bodloni'n llwyr ganddi.

Heddiw, daeth y stori'n ôl yn gryf i'w meddwl. Dechreuodd syllu'n hiraethus ar y cwch a ddôi i'r lan, ac ar freichiau'r rhwyfwyr yn symud yn rymus, yn ôl a blaen, yn ôl a blaen, fel crud yn siglo, a'r symudiad yn arafu wrth i'r cwch nesáu. Yn y pellter, yr ochr draw, roedd twyni Niwbwrch yn olau fel braich flewog, a chofiodd Nelan mai gwlad ei mam oedd honno. Oedd y fraich yn estyn ati? Cyn hir byddai'r lleri'n troi'n ôl.

Roedd y cwch yn docio, y rhaff yn cael ei thaflu a'i chlymu am y postyn pren. Craffodd Nelan ar y teithwyr Oedd 'na rywun tebyg iddi hi yn rhywle? Achos dyna'r arferai pawb ei ddweud: ei bod hi ac Onora 'run ffunud â'i gilydd, yn dlws a diarth yr olwg. Pawb yn dweud na fyddai Onora byth farw tra bo Nelan yn fyw. Casâi Harri glywed hynny.

Onora, meddyliodd Nelan. Onora. Onora. Roedd yn enw tlws. Yn odli â Seffora, ac eto mor wahanol ei naws.

Edrychodd eto tua'r ynys. Daeth y syniad iddi mai yno y bu Mami ar hyd yr adeg, yn cuddio ac yn gwylio.

Nid i fyny yn y nefoedd, ond yn hytrach dros y môr – ar ynys hud a lledrith.

Hoeliodd ei sylw ar ddynes a gamai i'r lan. Tybed? Tybed? Roedd ganddi fasged yn ei dwylo. Cyffrôdd Nelan, gan symud ar hyd y wal i gadw golwg arni. Ond yna cododd y ddynes ei gên. O! Hen ddynes hyll oedd hi, a chanddi drwyn hir a phigog. Syrthiodd Nelan yn ôl gan ffieiddio.

Roedd absenoldeb ei mam yn brifo heddiw a hithau'n sydyn wedi ei llenwi â hiraeth a thristwch. Teimlodd y Cei'n cau amdani, a cheisiodd wthio'i ffordd yn ôl oddi wrth y lanfa.

Cydiodd rhywun yn ei llawes.

'Lle ti'n mynd, pishyn?'

Dyn ifanc oedd yno. Roedd ychydig yn hŷn na hi. Ysgydwodd ei braich i ddod yn rhydd oddi wrtho, ond gafaelodd y llanc yn galetach yn ei harddwrn a'i thynnu ato. Roedd oglau cwrw'n blastar dros ei wyneb.

'Gwll fi! Gad lonydd!'

Gwthiodd yn ei erbyn, ond dechreuodd yr hogyn ei phawennu, gan godi ei law at ei gwallt a'i chwalu. Yr eiliad nesaf roedd ei law arall yn llithro ar hyd ei ffrog, ei ddwrn yn cau am un o'i bronnau. Gwasgodd hi'n galed. Gwingodd Nelan. Rhoddodd wthiad ffyrnig arall iddo. Collodd yntau ei gydbwysedd. Am funud tybiodd ei bod wedi dod yn rhydd oddi wrtho, ond roedd o'n codi ati'n fwy penderfynol, ei lygaid yn sgleinio'n rhyfedd a'i dafod fel sleisen o gig yn hongian.

Edrychodd Nelan o'i chwmpas. Pam na wnâi neb ei helpu? Teimlodd yr hogyn yn gafael eto yn ei ffrog. Clywodd rywbeth yn rhwygo. Rhoddodd bwniad arall iddo, a chollodd yntau ei afael am yr eildro. Bachodd Nelan ar ei chyfle a thorrodd i ffwrdd yn gyflym trwy'r dyrfa.

'Hwran!' clywodd o'n galw i'w chefn. 'Butan!'

Brwydrodd ymlaen, gan adael y Cei a gwasgu ei hun trwy'r porth yn ôl dan furiau'r dref. Pan ddaeth at y stryd, ciliodd i un o'r cowtiau tamp i gael ei gwynt ati. Roedd blas gwaed yn ei cheg. Roedd ei cheseiliau'n chwysu. Suddodd ei chalon wrth weld y tamaid o les a roddodd Seffora'n anrheg pen-blwydd iddi, ac yr oedd wedi'i wnïo'n addurn ar ei ffrog y bore hwnnw, wedi rhwygo. A'r mân fylchau cain yn un twll mawr di-siâp.

Seffora, meddyliodd a rhyw ias yn mynd trwyddi. Seffora, mae'n ddrwg gin i!

Beth ddaeth drosti'n mynd i'r Cei? A Seffora wedi gofyn iddi beidio:

'Dydi'r lle ddim ffit i hogan ifanc, coelia di fi.'

Dyna oedd ei geiriau. A hithau'n addo peidio. Ac wedyn yn ei thwyllo.

Yn gryfach, caletach na'i hiraeth am ei mam, lloriwyd hi'n sydyn gan hiraeth am Seffora. A Thyddyn Bolyn.

A'r rhos. A phopeth cysurus a chartrefol. Gadawodd y cowt a brysio tua'r Porth Mawr. Ond roedd y dyrfa'n anystywallt, ac wrth geg Lôn Bupur, o dan y Cloc, daliwyd hi'n ôl gan Sentar yn pregethu, a chriw o bobol o'i gwmpas yn gwrando'n astud arno'n taranu. Dechreuodd Nelan regi. Gwthio. Stwffio. Ond roedd y gynulleidfa'n gyndyn o symud.

'Nelan?' clywodd lais yn galw. 'Nelan? Be ti'n neud yma?'

Trodd, a gweld Edward Robert yno'n sefyll.

'Dy hun wyt ti?'

Roedd yn edrych yn bryderus arni.

'O, Edward, dwi isio mynd adra!'

'Ydi Seffora yma?'

Ysgydwodd Nelan ei phen.

'Mae hi'n sâl. Edward, 'newch chi'n helpu fi i fynd adra? Dwi'n poeni amdani.'

'Gwnaf, siŵr,' atebodd ei chymydog. 'Ond aros di ddau funud. Mae Mr Phillips ar fin gorffan. Dwi 'di bod yn aros mor hir i'w glywad o. Ydi otsh gin ti?'

Safodd yno ar bigau'r drain gan ddisgwyl i'r pregethwr fynd trwy'i bethau. Byddai cwmni Edward ar y ffordd adref yn warchodaeth iddi.

Crwydrodd ei golygon at y pregethwr yn ei wisg ddu, ei wallt yn disgyn dros ei wyneb wrth iddo areithio'n danllyd. Am eiliad, teimlodd ei hun yn cael ei thynnu ato, at yr olwg dreiddgar yn ei lygaid, ac yntau'n syllu o un i un ar ei wrandawyr.

'Paham y dest *ti* i'r ffair 'ma heddiw, gyfaill?' clywodd o'n gofyn, ei lais yn diasbedain dan y porth. 'Ai i chwilio pleser?'

Symudodd at y nesaf.

'Ai i foddio blys?'

Yna at wraig ifanc.

'Ynteu i ennill budur elw?'

Syllodd Nelan yn syn wrth i'r wraig ddechrau siglo a nadu, tra trodd y rhai a safai wrth ei hymyl ati i'w chynnal a'i chofleidio. Erbyn hyn, roedd Mr Phillips wedi codi ei olygon ymhellach, y tu hwnt i'r rhes flaen, yn nes at lle y safai hi.

'A beth amdanat tithau?'

Oedd o'n edrych arni hi? Dychrynodd. Teimlodd y stryd yn siglo. Aeth ofn trwyddi. A gwarth. A chywilydd.

'Edifarha!' llefodd y pregethwr. 'Edifarha, bechadur!'

Taflodd ei ben tuag yn ôl mewn ystum rhyfedd. Pan edrychodd ar ei wrandawyr eto roedd gwaed yn dod o'i lygad. Roedd rhywun wedi taflu carreg.

*Cythraul!*

*Mochyn!*

*Pen-grwn uffar!*

Syrthiodd y sen yn gawodydd. Yna daeth mwy o

gerrig. Plâu eraill. Pilion tatws. Cyrn rwdins. Gwymon. Tywod.

Bellach roedd cornel Lôn Bupur yn ferw o gyffro, y dorf yn ymwasgaru, a'r criw o ymosodwyr yn gwasgu'n nes, yn tynnu Mr Phillips i lawr o ben ei focs, a Nelan yn fferru wrth weld wyneb cyfarwydd yn eu canol.

'Nelan, dos!' gafaelodd Edward yn ei braich. 'Dos, mi ddo' i ar dy ôl di.'

Tawedog oedd y ddau ar eu ffordd adref. Roedd ôl ymrafael ar ddillad Edward a chrafiad hir i lawr ochr ei wyneb.

'Mi fydd gin Seffora rywbeth at hwnna i chi,' ceisiodd Nelan ei gysuro.

'Y cnafon drwg,' meddai'r hen ŵr. 'Dyn o fawredd Mr Phillips. Cael ei drin fel anifail.'

Aeth Nelan yn ddistaw. Yn y man, meddai'n betrus:

'O'n i'n meddwl 'mod i 'di gweld Bo.'

Trodd at Edward.

'Wyddoch chi, Boas Tyddyn Andro.' Llyncodd ei phoer. 'Dach chi'n meddwl mai fo oedd o? Yn un o'r rhai oedd yn lluchio cerrig?'

'Does wbod, 'mach i.'

Daeth golwg feddylgar i'w wyneb, ac meddai wedyn:

'Mae bod mewn giwad fel'na'n medru deffro'r gwaetha, hyd yn oed mewn dynion da.'

Cododd Nelan ei golygon at y mynyddoedd mewn ymgais i dawelu ei meddwl. Roedd un darlun ar ôl y llall yn rhuthro trwy ei chof. Dyn dan gawod o wymon. Merch yn sgrechian. Sanau. Sylltau. Clegar gwyddau. Crio gwylanod. Gwaed yn llifo. Tafod yn hongian. Les yn rhwygo. Crafanc yn gwasgu ei bron hi. Ac roedd 'na eiriau'n ei byddaru. *Hwran. Butan. Chwant. Blys. Pechadur. Edifeirwch. Edifeirwch...*

'Edward,' meddai, a rhyw ofn ocr yn cau am ei chalon. 'Fysa'n iawn i mi redag yn 'y mlaen? Dwi isio gweld Seffora.'

'Dos di, 'ngenath i. Mi ddo' i draw i weld sut mae hi.'

Roedd y drws yn gilagored. Popeth yn ei le. Popeth fel y dylai fod yn y tyddyn trefnus. Eisteddai Seffora wrth y tân yn aros amdani, rhyw ddarn o wau yn llonydd ar ei glin, a'r gweill wedi eu croesi. Rhaid ei bod yn pendwmpian. Brysiodd Nelan ati.

'Seffora?'

Cyffyrddodd ei llawes. Roedd gwên fach ar wyneb Seffora. Breuddwydio'n braf, mae'n rhaid.

'Seffora?'

Cododd ei llaw i gyffwrdd ei grudd yn dyner, ond

roedd y cnawd yn oer a chleiog. Cymerodd Nelan gam yn ôl mewn braw.

'Seffora, dach chi ddim am ddeffro?'

Rhoddodd ysgytwad ysgafn iddi. Cwympodd gên Seffora tuag ymlaen yn llipa.

Daeth twrw o gyfeiriad y drws. Roedd Edward yno'n sefyll.

'Dydi hi ddim yn deffro,' meddai Nelan, gan edrych ar ei chymydog mewn penbleth.

Cymerodd Edward gam ymlaen, ac yna safodd yn llonydd, ei wedd yn gwelwi.

'Edward, be sy?'

Dechreuodd edrych yn ôl a blaen rhyngddo a Seffora fel petai'r ddau ohonynt yn cael sgwrs ddi-sŵn nad oedd hi'n rhan ohoni.

'Deffrwch, Seffora, deffrwch!'

Trodd at yr hen ŵr a gweld ei lygaid yn cymylu.

'Edward? Be sy'n bod? Deudwch wrthi am ddeffro!'

Ei law'n codi at bren y bwrdd. Ei figyrnau'n dod i'r golwg dan y croen ac yn gwynnu, gwynnu. Ei fraich yn crynu.

'Ddeffrith hi ddim, 'ngenath i.'

A sŵn ei lais fel llestri'n torri yn y tŷ.

'Nid cysgu mae hi.'

'Edward?'

Ei llais yn codi'n gri.

Tawelwch.

'Mae Seffora wedi'n gadael ni, Nelan bach.'

Gwyliodd yr hen ŵr yn gostwng ei ên. Yn cnoi ei wefus yn syn. Ac yna'n codi'i ben i edrych arni.

'Mae Seffora annwyl... wedi mynd a'n gadael ni.'

Gadawyd llyfr wrth ymyl ei gwely. Holl Ddyletswydd Dyn. Un nos ddu, mae'r geiriau'n gafael ynddi. 'Arglwydd, megis y deffroaist fy nghorff o gysgu, felly trwy dy ras deffro fy enaid oddi wrth bechod.'

Mae'r tudalennau'n troi.

'Cymer nid ffrwyth fy ngwefusau'n unig eithr ufudd-dod fy mywyd.'

Mewn braw, mae'n gollwng y llyfr. Ond mae'r llythrennau'n glynu'n ei dwylo, y print du'n troi'n beli bychain o oleuni sy'n rhedeg hyd ei llaw, yn dawnsio at flaenau ei bysedd. Mae hi'n cau ei dwrn ar y geiriau ac yn eu bwrw ymaith. Ond mae'r peli'n dal i lynu ynddi, yn cyffroi ei chroen, eu goleuni'n cynyddu wrth iddynt gyd-daro.

Cwyd o'i gwely gan geisio taflu'r geiriau i ffwrdd. Ond mae'r goleuni'n gyndyn, ei lewyrch yn tasgu trwy'r tŷ, yn belydr sy'n symud dros y nenfwd ac ar hyd y waliau nes bod y bwthyn yn diferu'n euraid, yn disgleirio gan eiriau prydferth y llyfr.

Rhaid gadael y tŷ sy'n ei dallu. Mae'r tir yn oer a llaith dan wadnau ei thraed, ei dwylo'n diffodd gan fod y nos heno'n ddydd ac yn orlawn o oleuni. Cerdda ymlaen, y rhos yn ymagor iddi a'r hen drywyddau'n pylu. Ymlaen at lannau'r afon y mae ei llif yn wynias gan eira'r mynyddoedd. Tyrd, Nelan, medd yr afon wrthi. Tyrd i'th olchi.

Mae hi'n camu i'r dyfroedd yn ei choban fain. Mae'r dŵr yn codi drosti, yn hyrddio'n iasau trwyddi ac yn ei chynhyrfu.

Ei rhaff o wallt yn trymhau, yn ei thynnu tua'r gwely, yn gadwyn, yn angor.

Düwch a goleuni'r llif. Golau'r dŵr. Nos y dydd.

Ond wedyn mae rhywun yn cydio ynddi. Grym hen adenydd yn ei chodi. A gwêl ei chorff ei hun yn gorwedd rhwng brwyn a rhedyn. Ac medd yr angel yn ei chlust: Tyrd, Nelan, a dringa iddo'n newydd.

Mae pelydrau cyntaf yr haul yn tywynnu dros Elidir Fawr. Ei chnawd golchedig yn sychu amdani.

Ac wele'r priodfab yn dynesu – i'w chario yn ei freichiau dros y trothwy.

Arglwydd, sibryda wrtho, megis y deffroaist fy nghorff o gysgu, felly trwy dy ras deffro fy enaid oddi wrth bechod. A chymer, nid ffrwyth fy ngwefusau'n unig eithr ufudd-dod fy mywyd.

# CARU
## 1805–1807

# 16

Doedd dim byd i'w glywed ond tipian y cloc. Bob hyn a
hyn agorai'r drws a dôi'r addolwyr i mewn heb siarad,
chwa o wynt y rhos yn ysgubo i'w canlyn. Ond roedd
cegin Edward Robert yn gynnes, y tân yn aeddfed yn y
grât a gwres y cyrff yn cynyddu mewn disgwyliad. Pawb
yn tewi wrth fyfyrio ar y cwrdd oedd o'u blaenau.

Daliai'r gynulleidfa i gyrraedd fesul un neu ddau,
eu cysgodion yn tywyllu distiau'r to, y gegin yn araf
lenwi. Sŵn gwadnau esgidiau'n taro'r llawr. Stôl neu
goes cadair yn crafu. Siffrwd cotiau'n cael eu tynnu a
rhubanau bonet yn cael eu datglymu. Oglau brethyn
tamp a gwêr canhwyllau'n llosgi. A bys mawr y cloc yn
nesáu o hyd at y deuddeg.

A'i phen wedi gostwng, gwrandawodd Nelan ar bawb
yn setlo. Gwyddai yn llygad ei dychymyg lle y cymerai
pawb ei le. Y dynion yn y cefn o amgylch y ffenestri. Yr
henoed ar y fainc a'r cadeiriau. Y merched iau gyferbyn
â'r dynion. Y plant a'u coesau ymhleth ar y llawr yn rhes
ufudd wrth draed y mamau, tra eisteddai'r hynaf oll ar
y setl o flaen y bwrdd.

Yn y cysgodion, mewn cilfach ger y simdde, safai
Nelan ei hun. Ni theimlai ei bod yn perthyn yn llwyr

i'r cymundeb eto, er y gwyddai ei bod yn dynesu at ddydd ei derbyn yn gyflawn aelod. Câi ei phlagio o hyd gan amheuaeth, ofn, teimladau o ddiffyg haeddiant ac argyhoeddiad o bechod. Eto, wrth gyffesu i'r pryderon, a thrwy hynny eu gwyntyllu a'u gorchfygu, bu'r gyfeillach hon yn achubiaeth iddi yn ystod hunllef y misoedd diwethaf. Hebddyn nhw, ni fyddai'n fyw.

Erbyn hyn gallai deimlo effaith y gegin gynnes ar ei chorff ei hun. Trodd ei phen at y ffenest i dynnu oerni'r rhos i'w chyfansoddiad. Ond roedd yr holl gydanadlu wedi creu llen gymylog dros y gwydr a honno wedi cyddwyso'n ddagrau mewn ambell fan a'r rheiny'n disgyn yn araf i lawr at sil y ffenest. Rhoddodd Nelan ei bys yn y dŵr a'i godi i oeri'i thalcen. Gwelodd fod ei llaw'n crynu.

O'r diwedd, daeth Edward Robert i eistedd at ben y bwrdd a gosod y Beibl mawr o'i flaen, gan roi ei law ar y clawr a chau ei lygaid. Daeth yr Ymwelydd i'w ganlyn. Yma, yn nhŷ Edward Robert, yr oedd Mr Griffith Lewis i letya am yr wythnos, ac yntau wedi dod atynt o Gapel Pendref i'w harwain, i'w cynghori yn y ffydd, i'w hatgyfnerthu. Roedd cyffro dyfodiad yr Ymwelydd yn llenwi'r lle.

Tawodd pawb wrth iddo fynd i'w sedd. Gwyrodd Nelan ei phen i gael gwell golwg arno. Roedd yn iau nag y disgwyliodd, ei ben eurgoch yn tywynnu yn fflam y gannwyll a'i amrannau'n taflu cysgodion hir ar groen ei wyneb. Edrychodd arno'n cydblethu ei ddwylo mewn gweddi. Yn erbyn graen tywyll y bwrdd roedd ei fysedd yn wyn a lluniaidd fel bysedd dynes.

Trawodd y cloc yr awr. Teimlodd Nelan y chwys yn hel dan belen dynn y gwallt ar ei gwegil. Anadlodd yn ddwfn i ymdawelu, gan godi ei llaw i lacio gwasgiad botymau ei ffrog yn erbyn ei mynwes.

Gwrandawodd ar Edward yn croesawu pawb i'r cwrdd ac yn cyfarch Mr Lewis yn arbennig. Yna galwodd yr hen ŵr ar i bawb gydweddïo, gan ofyn am fendith Duw a disgyniad yr Ysbryd Glân ar eu gwasanaeth.

Ar ddiwedd y weddi cafwyd ysbaid o dawelwch. Yna cydadroddwyd Gweddi'r Arglwydd, y lleisiau'n asio'n gôr dwys rhwng muriau'r tyddyn bychan.

Pan ailagorodd pawb eu llygaid, roedd fel petaent yn deffro o freuddwyd, wedi cyrraedd glan gwlad newydd ac yn barod i ymagor i fyd gwahanol. Heb afradu amser, bwriodd Edward ymlaen â'i ddarlleniad, gan fyseddu'n gyflym trwy dudalennau'r Beibl nes dod o hyd i bluen fawr, frith a farciai leoliad y salm a ddewisodd. Carthodd ei wddw i fesur ansawdd eu gwrandawiad, ac yna'n eglur, bwyllog, llefarodd y bedwaredd salm ar bymtheg:

'Y Nefoedd sy'n datgan gogoniant Duw; a'r ffurfafen sydd yn mynegi gwaith ei ddwylo Ef.'

Wrth i'w oslef fwyn, gyfarwydd godi trwy'r ystafell aeth ysbryd Nelan yn esmwythach. Tra byddai Edward yn yr un ystafell â hi, gwyddai y byddai'n ddiogel. Ei chydymaith. Ei chyfaill. Ei cheidwad ar y llwybr cul. Bu'n graig iddi trwy gydol drycin y misoedd a fu – y nos ddu ers colli Seffora. Daeth at ei hymyl bob dydd. Gweddïodd drosti. Bwydodd hi a'i disychedu pan na faliai hi am wneud hynny ei hun. Bu hyd yn oed yn ymdrin â materion yn ymwneud â thŷ Seffora, a threfnu popeth ynglŷn â hynny.

A'i lais yn falm, gadawodd i eiriau'r salm lifo drosti, yr adnodau'n ymdonni'n rhythmaidd rywle y tu hwnt i'w chlyw, a dim ond ambell un yn cydio yn ei meddwl, fel gwymon ar garreg, cyn llifo ymaith eto:

'Yr hwn sydd fel gŵr priod yn dod allan o'i ystafell... Ac nid ymgûdd dim oddi wrth ei wres Ef...'

A llais Edward yn cryfhau'n deimladwy wrth gyrraedd terfyn y salm:

'Bydded ymadroddion fy ngenau, a myfyrdod fy nghalon, yn gymeradwy ger dy fron, O Arglwydd, fy nghraig a'm prynwr!'

Caewyd y clawr. Estynnodd Edward hances i sychu'r chwys oddi ar ei wefus. Ac yna, o'r diwedd, cododd ei ben, a chan ei gyflwyno'n barchus i'w gynulleidfa, gwahoddodd Mr Lewis i gymryd awenau'r cyfarfod.

Oedodd yr Ymwelydd cyn siarad. Oedi mor hir nes y cychwynnodd rhai o'r plant ystwyrian ar lawr y gegin, a'r mamau'n gorfod rhoi llaw dyner ar eu pennau i'w tawelu. Oedi, nes i bawb yn yr ystafell ddechrau gwrando eto ar dipian diwrthdro'r cloc. Oedi, nes bod llen yr anadliadau ar y ffenestri'n tewychu, y rhaeadrau'n disgyn yn gyflymach gan gris-croesi'i gilydd, a'r pyllau ar y siliau'n ymledu. Oedi, nes bod hyd yn oed y rhos ddu'n dal ei gwynt i glustfeinio.

A phan gododd ei ben o'r diwedd, roedd y sylw a gafodd yr Ymwelydd yn llwyr. Mor drawiadol oedd y golau disglair yn ei lygaid. Melystra'l lais. Ei ffordd eglur o siarad. Ei oslef felodaidd. Roedd yn frodor o rywle'n y deheubarth, ac ychwanegai hyn, yn ogystal â'r crygni deniadol a ddôi mewn islais, at y swyn a oedd ganddo. Caethiwodd yntau nhw yn ei bresenoldeb. Eu dal yn rhwyd ei argyhoeddiad. Oedd, roedd hyd yn oed y plant yn clustfeinio, yn ymestyn eu gyddfau er mwyn cael cip dros glogwyn uchel y bwrdd a ddôi rhwng y llais a'r llawr.

'Frodyr a chwiorydd,' llefarodd. 'Can diolch i chi am y gwahoddiad i ymuno â'ch eglwys fechan yn Rhos Chwilog.'

Yn llyfn a gosgeiddig, heb i'r gadair grafu'r llawr

ond rywsut ymlithro oddi wrtho, cododd ar ei draed o'u blaen. Ac er nad oedd yn dal nac yn neilltuol o gydnerth, roedd yn llenwi'r ystafell â'i fod. Roedd yn falch o weld cynifer yno, a phawb yn gwasgu'n nes i gael ei weld:

'Mae'r gyfeillach hon yn mynd o nerth i nerth. Eich niferoedd yn tyfu o wythnos i wythnos. Ac mae'r gwir yn amlwg i bawb ohonom: mae goleuni'r Arglwydd yn prysur dreiddio'r tywyllwch a fu'n gor-doi'r fro hon ers talwm.'

Roedd ei frawddegau'n huawdl a phrydferth, ei eiriau'n grwn a diwastraff, ei lais yn bersain. Nid siarad a wnâi ond canu. Ac yn awr roedd yn estyn ei law wen, agored o'i flaen, yn tynnu pawb yn nes tuag ato, yn ennyn eu sylw at ei wyneb main a dengar:

'Frodyr a chwiorydd,' a chaeodd ei lygaid, 'mae 'na ysbryd gwlithog yma heno. Rwy'n ei deimlo.'

Gwrandawodd Nelan ar rai o'i chyd-addolwyr yn tuchan ac yn atseinio'n dawel.

'Frodyr a chwiorydd,' aeth yn ei flaen, 'gwyddom mai amcan cwrdd fel hwn yw dwyn tystiolaeth. Adrodd o'n profedigaethau. Bod yn glir â ni ein hunain. Mynegi! Mynegi'r temtasiynau a ddaw i'n rhan – beunydd, beunos. Oblegid does neb ohonom, frodyr a chwiorydd, neb, heb ein llithriadau a'n cyfyngderau.'

Arafodd. Ac ymddistawodd:

'Dim ond trwy agor ein calonnau y gallwn gydysgwyddo beichiau'n gilydd. Cydrannu. Cyd-dosturio. Ie, a chydymgryfhau hefyd.'

Yn sydyn, taflodd ei ben yn ôl nes bod goleuni holl ganhwyllau'r tŷ'n tasgu oddi ar aur ei wallt, a'i lais yn codi'n bwyllog ond dramatig:

'Dim ond trwy gyfaddef ein pechodau y concrwn holl ddichellion Satan.'

Tynnodd y gynulleidfa fechan ei gwynt ati. Wrth yngan enw'r Diafol, roedd yr Ymwelydd fel petai wedi taflu fflam i grinwellt. Llithrodd cri isel o enau ambell un. Caeodd rhai eraill eu llygaid yn dynn. Rhag ofn, rhag ofn, i'r Gŵr Drwg ei hun ymddangos yno, yng nghegin ostyngedig Edward Robert, i elwa ar wres eu cyrff neu borthi o'u heneidiau. Ei watwar mud yn atsain rhwng y muriau. Ei garnau'n sarnu. Oglau'r brwmstan yn treiddio i'w ffroenau.

'Frodyr a chwiorydd,' daliodd Mr Lewis ati i grefu. 'Dewch ymlaen. Offrymwch eich tystiolaeth. Gyda'n gilydd y gorchfygwn y tywyllwch. Gyda'n gilydd y cadwn ein ffydd rhag oeri!'

Roedd y gynulleidfa'n ymateb yn gynnes. Merched yn porthi, lleisiau dynion yn eu llawn dwf yn torri, rhai o'r aelodau hŷn yn dechrau cwynfan yn dawel. Teimlodd Nelan ei phen yn ysgafnhau. Roedd gwres y lle'n cynyddu. Pwysodd ei llaw ar ymyl y simdde er mwyn ei chynnal ei hun. A gwyliodd a gwrandawodd yn ofnus wrth i sawl un ddod i dystiolaethu.

'Arglwydd,' cododd un o'r brodyr ei ddwylo wrth orffen ei gyffes. 'Chwiliaist – ac adnabuost fi!'

'Ti a adwaenost fy eisteddiad a'm cyfodiad,' ymatebodd Mr Lewis er mwyn ei atgyfnerthu. 'Deelli fy meddwl o bell. Amgylchyni fy llwybr a'm gorweddfa. Hysbys wyt yn fy holl ffyrdd...'

Syllodd Nelan ar y dafnau o chwys yn disgleirio ar ei dalcen, yn gant a mil o sêr bychain, ei amrannau'n taflu cysgodion ar ei ruddiau arian. A naws y gegin yn drydanol, caeodd distawrwydd sydyn amdanynt i gyd. Roedd fel ymyriad ysbryd. Pawb yn dal eu gwynt, a'r awyrgylch ar amrantiad yn dynn, dynn. Hoeliodd pawb ei sylw ar yr Ymwelydd. Ond roedd yntau'n sefyll yn llonydd fel delw, yn disgwyl, disgwyl am rywbeth, a dim ond ei frest yn codi ac yn gostwng wrth iddo fyr-anadlu.

Aeth yr eiliadau heibio. Ysai pawb am iddo siarad. Ond ymlaen yr aeth y tawelwch, gan chwyddo, chwyddo'n annioddefol. A'r Ymwelydd yn dal i wrando.

Dechreuodd calon Nelan ddyrnu. Teimlodd rywbeth yn digwydd iddi. Yn sydyn, gwyddai mai aros amdani hi'r oedd o, a chyn iddi sylweddoli roedd rhyw wres mawr yn codi ynddi, yn cau o gwmpas ei chalon, ac yna'n lledu trwyddi, i bob cwr ohoni, trwy ei breichiau hyd at flaenau ei bysedd, i lawr ei choesau hyd at wadnau ei thraed nes ei bod fel petai'n codi o'r llawr, ar hyd ei hwyneb, trwy ei phen, hyd odre'i gwallt, mi lifodd y cynhesrwydd. A bellach, roedd yn laddar o chwys, ei ffrog yn glynu'n wlyb ar hyd ei chefn. Roedd ei chorff ar dân; roedd yn llosgi o'r galon allan; a gwyddai mai fflam yr Ysbryd Glân oedd hon; y fflam yn ei thanio, yn rhoi'r nerth iddi gamu ymlaen, i fynegi, i dystiolaethu, a hynny am y tro cyntaf un.

Camodd o'r cysgodion. Neu efallai mai presenoldeb yr Ymwelydd oedd yn ei hatynnu. Roedd ei hawydd i gyffesu'n tyfu a thyfu. Y tân yn llosgi'n danchwa ynddi, ac roedd am i'r cyfan ddod allan, roedd am iddo roi ei wrandawiad iddi a thrwy hynny ddod â gollyngdod iddi. Ac roedd rhai o'i chyd-addolwyr eisoes yn troi ati.

Ond doedd y geiriau ddim yn dod. Doedd y llais ddim ganddi.

Roedd sylw Mr Lewis wedi'i hoelio arni, ei lygaid yn lledu.

'Llefara, annwyl chwaer,' sibrydodd mewn syndod.

O, ond lle'r oedd Nelan i ddechrau cyffesu? Roedd ei phechod mor ddwfn, ei chywilydd yn ddiderfyn. Lle'r oedd geiriau i'w cael a allai gyfleu'r drygioni? Ofnai dorri i lawr o'u blaenau i gyd.

Ond roedd yr Ymwelydd yn syllu arni. Roedd o'n

dweud yn ei lais yn addfwyn a phwysleisiol ei fod yno iddi, nad oedd angen iddi boeni:

'Llefara, annwyl chwaer. Canys trwy gyffes yn unig y'n hatgyfnerthir!'

Yn sŵn ei faddeuant, yng nghadernid ei gyfarwyddyd, daeth nerth o'r diwedd i Nelan. Sylloddi'r môr o wynebau o'i blaen a phlymio iddo, gan ddechrau siarad:

'Mae 'na gymaint i'w ddeud, wn i ddim lle mae dechrau,' roedd ei llais yn floesg. 'Mae'r rhan fwya ohonoch chi yma'n fy nabod i. Ond er budd Mr Lewis, cystal i mi ddeud fy mod i... yn un o bechaduriaid isa Rhos Chwilog.'

Am funud aeth ei theimladau'n drech na hi, gan gymaint y teimlad o warth a oedd ynddi.

'Mi fuodd 'na brofedigaeth yn 'y mywyd i. Colled ofnadwy. Ac mae'n wir i ddeud nad o'n i'n gweld llawar o bwrpas dal ati. Colli'r un anwylaf yn y byd i mi.'

Aeth ias drosti wrth gofio.

'Ac wedyn, ynghanol y galar, cael fy hel o'i thŷ am nad oedd o'n eiddo cyfreithiol i mi. A gorfod mynd yn ôl i hen dŷ, fy hen gartra. Gorfod dychwelyd i grud fy holl bechodau.'

Tawodd eto am ysbaid. Yna tynnodd anadl ddofn, a meiddiodd edrych tua'r Ymwelydd:

'Roeddwn i'n credu... yn argyhoeddedig, mai 'nrygioni i oedd achos y cyfan,' daeth dagrau i'w llygaid.

'Yn credu hefyd y bysa'r byd yma'n well… taswn i ddim yn bod o gwbwl.'

Teimlodd wefr yn mynd trwy'r gynulleidfa wrth iddi gyfaddef. Gostyngodd ei phen. Roedd y teimlad o warth bron â mynd yn ormod iddi. Ond roedd yr Ymwelydd yn erfyn yn dawel arni.

'Agor dy galon inni'n llwyr, annwyl chwaer, i ysgafnhau trymder dy feddwl.'

Rhag gorfod cau ei llygaid, edrychodd y tu hwnt i'r rhai a safai o'i blaen, ac yno, yn y pellter canol, gwelai ben gwyn Edward Robert yn crymu dan deimlad. Gwyddai na allai siarad lawer yn hirach. Roedd cyffesu'r ychydig a wnaeth wedi ei dihysbyddu. Ond gwyddai hefyd mai dyma ei chyfle i ddiolch i'r hen ŵr am bopeth a wnaeth drosti, a gwneud hynny gerbron y cymundeb, a'r Ymwelydd, ac yn fwy na dim, gerbron yr Arglwydd Dduw ei gwaredwr.

'Diolch i Mr Edward Robert, rydw i'n dal yma,' meddai'n benderfynol. 'Ac mi ddysgodd o i mi fod maddeuant Duw yn bosib hyd yn oed i rywun mor wael a phechadurus â fi…'

O, ond roedd hyn yn ormod, yn ormod iddi! A phan welodd Edward yn codi ei ben i edrych tuag ati mewn tosturi, ofnodd y byddai'n llewygu. Disgynnodd yn ôl i'r cysgodion, a chododd ei llaw at y ffenest er mwyn oeri ei hun â dŵr yr anadliadau.

Bellach roedd Mr Lewis, ac yntau'n amlwg dan deimlad, yn ei chysuro gerbron y cymundeb:

'Chwaer annwyl,' galwodd i'r adwy a adawodd o'i hôl. 'Cofia eiriau'r efengyl: A'r Arglwydd a drodd, ac a edrychodd ar Pedr!'

A chan adfeddiannu'i hun, trodd at ei gynulleidfa i feistroli a chyfeirio'r emosiwn cryf a oedd ar led yn y gegin – at weddi i'w hadrodd ynghyd, ac at erfyniad am fendith:

'Frodyr a chwiorydd, fe syrthiodd y gwlith arnom yma heno! Yn ddiau, daeth yr Ysbryd Glân i'n plith. Gadewch inni gydweddïo am Ras ein Harglwydd Iesu Grist, a chariad Duw, a chymdeithas yr Ysbryd Glân...'

Ar derfyn y weddi, torrodd un o'r gwŷr allan mewn emyn, a phawb yn ymuno i ganu'n angerddol:

Datrys, datrys fy nghadwynau,
  Gad i'm hysbryd fynd yn rhydd;
Rwyf yn blino ar y t'wyllwch,
  Deued, deued golau'r dydd:
    Yn y golau, yn y golau
  Mae fy enaid wrth ei fodd!

Atseiniodd yr alaw leddf trwy'r tyddyn wrth i'r gân ymchwyddo'n rymus dan y distiau, gan foddi tipiadau'r cloc, gan beri i fflamau'r canhwyllau lamu, gan siglo'r goleuni a pheri i'w cysgodion oll ddawnsio'n llawen dros y muriau, gan orlenwi'r tyddyn bach gan deimlad nes ymdaflu o'i ddrysau a'i ffenestri ar agor, a'r gân hithau'n ffrydio allan i'r nos, yn hollti'r brwyn ac yn tanio'r perthi. A holl gysgaduriaid y rhos yn deffro i ymuno yn y cydorfoleddu.

A Nelan yn pwyso'n erbyn muriau'r tŷ, a'r nos olau honno yn ei llenwi.

# 17

'Cwd anghynnas! Bastad creulon!'

Poerwyd y jou baco'n fwled galed o geg yr holltwr.

'Troi gwraig weddw a'i phlant bach allan o'i thŷ, a'i ddymchwal o flaen eu llygid nhw. Gwarth. Gwarth!'

'Gwylia dy araith, Mical. Ti'n llosgi clustiau'r hogyn 'ma.'

'Hwn? Mae hwn yn medru rhegi cystal â neb ohonan ni. Twyt, washi?'

Wnaeth Bo ddim ond nodio: 'Dim otsh gin i alw Assheton-Smith yn fastad.'

'Dach chi'n gweld?' gwenodd Mical o glust i glust. 'Dyn sy'n barod i sefyll dros ei hawliau. A digon yn ei ben o i ddallt be ydi triciau budur y Mistar a'i gachwrs o weision cyflog. Mi oeddat ti yna noson o'r blaen, toeddat Bo, yn codi tŷ Annie Pierce yn ôl?'

'Oeddwn tad. A ddo' i eto os bydd angan.'

Roedd Bo wrth ei fodd. Pa le gwell i fod nag yno dan y gwaliau yn gwrando ar y sgwrsio, yn enwedig pan oedd Mical danllyd yn mynd trwy'i bethau? Mor falch ydoedd o fod wedi ffeindio'i le yn y chwarel o'r diwedd, yma ymhlith yr holltwyr.

'Dydi hongian ar raff ddim yn siwtio pawb, boi bach,' ddywedodd Mical wrtho pan gynigiodd le iddo gyntaf. 'Mi oedd y sbrych Ifan 'na ar fai yn dy gau di allan o'i griw fel y gwnaeth o. Hogyn tebol fatha chdi, yn un ar bymthag oed ac yn dal i rybela.'

'Pwdu roedd o.'

'A chdithau efo'r fath asgan at yr hollti 'ma, a finnau'n chwilio am brentis. Wel, ei gollad o. Ynde hogia? Am ben dafad!'

Ac roedd Mical yn llygad ei le. O'r funud y cyrhaeddodd yno, cymerodd Bo at y grefft o hollti llechi, yn ogystal â chwmnïaeth ei gyd-holltwyr. Roedd y gwaith eisteddog yn garedicach ar ei goes wan, yn llai unig a pheryglus na menter y creigiwr, ac yn llai syrffedus na'r labro y bu'n ei wneud cyhyd – yn gosb gan Ifan. Wrth eistedd yno drwy'r dydd dan y gwaliau carreg, eu cefnau at y gwynt a'u golygon tua'r chwarel, câi'r holltwyr fwy o gyfle na neb i sylwi, trafod, dadansoddi a rhoi'r byd yn ei le.

Erbyn hyn, wedi cwta flwyddyn, roedd y gwaith wrth fodd ei galon. Pwysau'r clwt o lechen yn erbyn ei glun, yn barod i'w weithio. Ei lygaid craff yntau'n darllen pob ffolt a befal yn ei graen hi. Y wefr o ddod o hyd i'r man lle gorweddai'r cŷn yn braf fel bod y toriad, pan ddôi, yn lân a chywir. Y pleser o gael y cydbwysedd iawn rhwng ysgafnder a chadernid wrth ddod â'i ordd fanhollt i lawr. Y trawiad. Y dirgryniadau'n lledu o'r llechen trwy ei glun. Yr un peth eto. Yn bwyllog ac amyneddgar. Nes yn y diwedd gallai lithro blaen y cŷn i lawr rhwng haenau naturiol y graig, yn is ac yn is, a thrwy siglad tyner ei arddwrn graddol-hollti'r llechen yn ddwy, a'r haenau newydd yn dod i fod yn lân fel tudalennau llyfr heb eto ei agor. Roedd y peth yn rhyfeddod i Bo. Haneru. A haneru. A haneru. A'r haenau'n mynd yn feinach, feinach, a phob haen yn fwyfwy gwerthfawr. Y llechen yn cael ei lluosogi trwy waith ei law. Yn wir, teimlai nad malu a wnâi, ond adfer nerth y graig iddi, a'i gynyddu. Creu trysor o'r teilchion. Wrth agor dalen ar ôl dalen yn y llyfr, gwnâi i stori'r mynydd dyfu.

Ac yn groes i'r dinistr a'r bylchau gwag a greai'r creigiwr, a ffrwyth anweledig holl lafur y rybelwr, roedd y rhesi o lechi gorffenedig wrth ei draed ar ddiwedd dydd yn dyst i'w grefft a'i allu. Yn ddeunydd gwerthfawr i adeiladau ei gyd-ddyn.

Ond roedd mwy iddi na hynny hefyd. Oherwydd ochr arall i geiniog y torri tawel, trefnus oedd y tân yn y trafodaethau a gaent. Wrth wrando ar yr holltwyr yn ymresymu a dadlau, daeth Bo i ddysgu fod mwy i fod yn chwarelwr na diberfeddu mynydd, a bod byd y tu hwnt i lethrau Eryri yr oeddent oll yn perthyn iddo. Byd y gweithiwr. Byd y rhai dan ormes. Byd y rhai a frwydrai dros hawliau, yn lle cymryd a bodloni – trwy ddannedd neu beidio. Ac wrth i'r misoedd fynd heibio, dechreuodd yntau ymateb a rhoi ei big i mewn. Cynhyrfai'r cyfan yr awydd cryf am ddegwch oedd ynddo.

'Ni sy'n gweld y cwbwl achos ein bod ni'n sbio dros y chwaral, yli,' oedd tôn gron Mical. 'Mae'r lleill efo'u trwynau'n sownd yn y graig. Dydyn nhw'n gweld dim pellach. Ac mae 'na ddigon ohonyn nhw, fatha'r yncl 'na sy gin ti, gyda phob parch, yn fwy na bodlon ar hynny. Ond ei di byth dan draed efo ni, boi bach. Ni sy'n ei gweld hi fel mae hi.'

A byddai'n tapio ochr ei ben â'i ddwylo mawr a oedd yn arian gan lwch llechi.

Eu cocyn hitio dyddiol oedd Assheton-Smith, y tirfeddiannwr a oedd wrthi'n ceisio cael ei fachau ar y chwarel a meddiannu hawliau'r chwarelwr i gloddio'r mynydd. Ac roedd eu llid yn cynyddu o fis i fis, wrth i'w ddirprwywr a'i swyddogion lanio'n eu plith yn eu hetiau caled, yn llwythog gan gadwyni mesur a phegiau a pholion, gan wasgaru'n drefnus ar draws y mynydd i'w fesur, i dorri rhiciau'n ei groen, i'w farcio a'i ddiffinio yn enw'r gyfraith. Barsel wrth barsel roedden nhw'n caethiwo'r mynydd.

'Mi ddygith y cwbwl dan ein trwynau ni, mi gewch chi weld,' taranai un o'r dynion heddiw. 'Proclamasiwn yn cael ei hoelio ar ddrws 'reglwys fel llynadd. Dach chi'n cofio? Ac wedyn mi fydd gin y cythraul ddeddf gwlad arall o'i blaid o.'

'Fydd 'na nunlla inni fyw yn diwadd,' ategodd un o'r lleill.

A rhoddodd Mical, fel arfer, ei big dihafal i mewn:

'Mae'r cont arall 'na wedi gneud yn union 'run fath yn ochrau Cae Braich Cafn. Maen nhw'n dilyn ei gilydd, y bastad Pennant a'r cwd Smith 'na. Dwyn y mynydd i gyd dan ein trwynau ni. Ac isio'i bachau ar y llechan mae'r ddau. Amsar dod â'r gilotîn i'r wlad 'ma, hogia...'

'Ara deg rŵan, Mical, ti'n mynd dros ben llestri... Hei hogia, ylwch, mae 'na rywun yn dŵad!'

Pawb yn codi eu pennau fel un ac yn gweld bachgen tua dengmlwydd oed yn rhedeg tuag atynt, ei wynt yn ei ddwrn. Buan y trosglwyddodd yntau ei neges. Roedd Annie Pierce, gweddw un o'u cyd-weithwyr, wedi cael ar ddallt bod dynion y Lord ar eu ffordd o'r dref i ddymchwel ei bwthyn am yr eildro'r wythnos honno. A'r tro hwn, yn ôl pob golwg, roedd Ynad yn eu plith, ynghyd â chiwed o gwnstabliaid.

Cyn hir roedd y newyddion wedi lledu'n dân trwy'r chwarel, a chryn hanner cant o chwarelwyr wedi gostwng eu harfau am y dydd a chychwyn o'r Gilfach Ddu i lawr y mynydd at y Waun Wyna. Roedd angen amddiffyn y tŷ. Roedd yn egwyddor sylfaenol. Lle arall roedd neb i fyw os nad oedd y comin ar gael?

Roedd Bo, yng nghwmni Mical a'r lleill, yn un o'r cyntaf i gyrraedd. Ond roedd paratoadau'r amddiffyniad eisoes ar droed. Nid dyma'r tro cyntaf i'r math yma o beth ddigwydd ar ffriddoedd y mynydd, ac nid hwn fyddai'r olaf o bell ffordd.

Teimlai ei waed yn cynhesu. Roedd yn barod am yr ymrafael. Torchodd ei lewys a bwrw iddi â'r protestwyr eraill, yn ferched a dynion, yn henoed a phlant, a phawb yn awchu i helpu. Ffrwtiai crochan mawr ar y tân yn y tŷ, a'i lond o ddŵr yn suo'n chwilboeth, yn barod i'w daflu'n llond bwcedi a sosbenni ar ben gwŷr y gyfraith. Bu'r plant yn hel preniau, cerrig mân, naddion llechi a phridd, y merched yn pentyrru tyweirch, a'r dynion yn casglu eu harfau i gyd, yn bicweirch a cheibiau, yn rhofiau a chribiniau, yn grymanau a phladuriau, i warchod tŷ'r wraig weddw.

Safodd John Ffowc, un o gyfeillion Mical a chymydog i deulu'r Pierce, ar ben berfa wedi ei throi er mwyn annerch y protestwyr.

'Gyfeillion!' cododd ei fraich i hawlio tawelwch. 'Maen nhw ar eu ffordd. Ydan ni am adael iddyn nhw neud hyn eto? Ein trin ni fel baw? Tynnu'n tai ni i lawr a dwyn ein tir pori ni?'

Daeth bonllefau o nacâd mewn ymateb iddo.

'Gadwch inni ddysgu gwers i'r cnafon. Gadwch inni sefyll efo'n gilydd!'

'Twll dy din di, Assheton-Smith!' galwodd un o'r plant, a chwarddodd pawb yn uchel.

Ond daeth golwg ddifrifol i wyneb yr arweinydd.

'Un peth, gyfeillion. Dydi'r milisia ddim yma heddiw. A go brin y bydd gynnau a phistolau yn cael eu hiwsio. Ond wyddoch chi byth. Ac os oes 'na un ergyd yn cael ei saethu, mae isio i chi gilio. Dallt? Dydan ni ddim am i neb gael ei saethu a'i frifo. A dydan ni ddim am i neb gael bai ar gam chwaith, a ffeindio'i hun ar long i Botany Bay. Dach chi'n clywad, blantos? Unrhyw sŵn gwn, unrhyw glec, heglwch hi o 'ma. A chithau ferchaid yr un modd. Y cryfa'i goes fydd iacha'i gefn.'

'Mr Ffowc, maen nhw'n dŵad!'

Daeth cri sydyn gan un o'r plant hŷn, a throdd pawb i graffu. Yn y pellter, dros y grib, ymddangosodd y fintai fechan. Rhyw ddwsin o ddynion ar droed, ac yna ddeuddyn ar gefnau ceffylau.

'Barod i faeddu'r bastads?' meddai Mical a rhoi winc ar Bo.

'Barod i neud be fedra' i,' atebodd Bo, ei galon yn cyflymu.

Ac yn wir, erbyn hyn, roedd yn ysu am y frwydr. Syllodd ar y swyddogion yn nesáu, nodweddion eu hwynebau'n dod yn fwyfwy amlwg. Roedd yn gyfarwydd ag wyneb y Stiward yn barod, a'i locsyn clust coch fel dau ddarn o gynffon llwynog budr ar bob ochr i'w ên. Yn awr gwelodd yr Ynad wrth ei ymyl; hwnnw, i'r gwrthwyneb, yn welw a main, a'i het galed, ddu'n rhy fawr iddo. Ewach o ddyn a oedd yno i warchod buddiannau'r cyfoethog. Teimlodd Bo saeth o atgasedd yn hyrddio trwyddo.

Daeth yr Ynad i stop sydyn gan godi'i fraich ar y gwŷr a ddôi o'i ôl. Llygadodd y dyrfa. Roedd ei lygaid o'r golwg dan gantel ei het. Yna daeth â'i farch ei hun yn nes atynt a dechrau gweiddi mewn llais main, undonog:

'Yn enw'r Brenin! Ac yn unol â chyfraith Loegr! Dwi'n eich gorchymyn! I wasgaru! Ar fyrder!'

Tawelwch.

Ceisiodd eto, ei lais yn fwy croch, y geiriau'n cyflymu:

'Gwasgarwch, yn enw'r Brenin!'

Gan weld nad oedd neb yn ymateb, daeth y Stiward at ei ymyl, a'u hannerch yn Saesneg:

'Disperse!'

A phan fethodd hynny â chreu ymateb, gwylltiodd:

'Or we'll hang the lot of you!'

Hedfanodd tywarchen drwy'r awyr a tharo het yr Ynad oddi ar ei ben. Moriodd chwerthin trwy'r dorf, cyn i gawod o breniau a thyweirch syrthio, gan gynhyrfu'r ceffylau.

Collodd y Stiward arno'i hun yn llwyr.

'Constables, do your work!' bloeddiodd, gan chwifio'i freichiau.

A golwg ddigon petrus ar wyneb ambell un, brysiodd y cwnstabliaid tuag at y dyrfa. Ond prin eu bod o fewn deg llath i'r tŷ nag y disgynnodd y dyfroedd berwedig yn gawodydd ar eu pennau, a'u trochi a'u sgaldio. Troesant i ffwrdd oddi wrth y tŷ, gan godi eu breichiau dros eu pennau, ac ambell un yn cilio'n ddall ac anafus yn ôl.

'Not to retreat!' taranodd y Stiward. 'Attack! Attack!'

Bellach roedd y mwd a'r llwch llechi'n syrthio'n belenni budr, yn marcio'u hwynebau ac yn staenio'u gwisgoedd. Fe'u chwipiwyd. Fe'u llabyddiwyd. Fe'u dallwyd. Fe'u byddarwyd. Roedd hyd yn oed y plant yn cael y gorau arnynt.

Ynghanol y cyfan, y bloeddiadau a'r rhegfeydd, y pastynu a'r dyrnu, y taflu baw a'r tyweirch, gweryru'r ceffylau a'r codi coesau ôl, treiddiodd sgrech hir chwiban yr Ynad. Clywyd ei lais tenau'n llefain, wedi iddo chwilota ym mhlygion ei gôt am ddalen o bapur, eiriau'r Ddeddf Derfysg i geisio'u dychryn:

'Our sovereign Lord the King chargeth and commandeth all persons being assembled immediately to disperse themselves...'

Ond doedd y Saesneg swyddogol yn ddim ond sbardun i'r dynion ifanc gamu ymlaen dan chwifio'u harfau:

'Amdanyn nhw, hogia!'

'And peaceably to depart to their habitations or to their lawful business upon the pains contained in the act...'

Cododd llais yr Ynad yn wich uwch ac uwch, gan ddiflannu fel cân ehedydd i'r entrychion.

Safodd Bo'n ôl. Casâi nhw. Casâi'r Stiward a'i hen wefusau tew. Casâi'r Ynad nad oedd 'na gig a gwaed, i bob golwg, ar ei gyfyl. Casâi'r cwnstabliaid di-asgwrn-cefn. A chasâi eu prynwr, Assheton-Smith, nad oedd yn ddim gwell na lleidr a threisiwr o'r math gwaethaf.

Ond wrth sefyll yno'n paratoi i ymosod, gadawodd i fwy na'i lid at Smith a'i ddynion ei gorddi. Daeth yr holl annhegwch a ddioddefodd gan Ifan i'w gythruddo. Y blynyddoedd o labro ers iddo gyrraedd y chwarel. Ei lid tuag at ei fam a oedd mor anfodlon ag o, dim otsh faint a wnâi iddi. Ei dad, hyd yn oed, a'i gadawodd mor amddifad.

A heddiw, doedd waeth iddo gyfaddef, roedd 'na ddicter pellach yn bwydo'r cyfan. Y newyddion a glywodd gan Megan ddoe fod Nelan wedi ymuno â'r Sentars.

Roedd y peth wedi'i lorio. A doedd o ddim yn deall. Pam ddylai fod otsh ganddo? Doedd hi'n neb iddo ddim mwy. Doedd o ddim wedi ei gweld yn iawn ers blynyddoedd. Heb siarad â hi. Heb fod yn agos ati.

Ac eto, roedd 'na ryw olau'n sydyn wedi diffodd.

Casâi nhw hefyd, y bastad Sentars 'na. Lladron a thwyllwyr oedden nhwthau.

Caeodd ei ddwrn am garn ei bicwarch. Gadawodd i'w lid ei feddiannu. Yna, a'i waed yn dod i'r berw, gyrrodd ei hun yn galed i ganol y gwffast.

# 18

Derbyniodd Nelan y bluen gan y cyfreithiwr a'i gollwng i geg y botel.

*We, whose names are hereunder written being Protestants dissenting from the Church of England, do hereby certify to your Lordship that there is a house called Tŷ Copyn, together with adjoining land, within the diocese of Bangor, intended to be consecrated as a place for Religious Worship and Burial; we request that the same may be registered at your Court, and a Certificate thereof granted as according to the Act of Parliament in that case made and granted.*

Gadawodd i'r inc lenwi'r bluen a daeth â'i blaen llym at y ddogfen. A'i llaw'n crynu, torrodd ei henw ar y gwaelod. Roedd y geiriau Saesneg yn ddieithr iddi, ond gwyddai'n union eu hystyr. Ei chynllun hi fu'r cyfan.

Roedd yr ymddiriedolwyr eraill wedi llofnodi'n barod: Edward Robert, Huw Rhisiart, David Evans a'r Parchedig Griffith Lewis. Cymerodd y twrnai'r bluen oddi arni, ac mewn ysgrifen fwy llawdrwm nododd y dyddiad, ynghyd â swm y taliad a'i lofnod ei hun i ddiweddu.

Cyrhaeddodd tystysgrif yr Esgob. Trefnwyd benthyciad ariannol. Casglwyd arian trwy roddion a thanysgrifiadau. Penodwyd pensaer. A chyn hir cymeradwywyd ei gynllun ar gyfer addoldy syml. Capel bychan fyddai hwn, yn noddfa i gyfeillach Rhos Chwilog i'w cynnal yn y ffydd wrth i'r achos dyfu. Doedd 'run tyddyn yn y fro a allai ddal eu nifer bellach.

Ddechrau mis Mai cafwyd cyfarfod pregethu i ddathlu gosod y garreg sylfaen. Pregethodd Mr Griffith Lewis gydag arddeliad, a'i lais a'i ymarweddiad mor gyfareddol ag erioed. Mor drwsiadus ac atyniadol yr edrychai yn ei wisg ddu, ei groen wedi'i eillio'n lân, ei wallt yn euraid yn heulwen y gwanwyn. Moriodd ei eiriau atynt ar yr awel, ac ymglywodd pob un o'r deugain a thri a oedd yno â'r eneiniad yn ei lais. Nid Ymwelydd achlysurol yn unig oedd Griffith Lewis iddynt mwyach. Dros y deuddeng mis diwethaf bu'n fynychwr cyson eu gwasanaethau, yn fugail ac yn noddwr, yn gynghorwr iddynt, ac – ers y penderfyniad a wnaethpwyd i godi'r capel newydd – yn warchodwr eu buddiannau bydol yn ogystal. Yn wir, roedd carfan gref o'r farn mai fo fyddai gweinidog cyntaf eglwys fach Rhos Chwilog.

Ond am heddiw, digon oedd dathlu gosod y garreg sylfaen a chodi'r gwasanaeth i benllanw ffydd a gobaith. Canwyd yr emyn olaf, a'i dyblu, a'i threblu.

Cydadroddwyd y Fendith. Ac yna araf wasgarodd y praidd o'r lle, rhai'n sgwrsio'n dawel, eraill yn gyffro i gyd wrth ddychmygu'r trawsnewidiad oedd ar droed.

'Wel, Nelan bach,' meddai Edward Robert, wrth i'r ddau wneud eu ffordd o'r libart. 'Mae hwn yn ddiwrnod go fawr i ti.'

Amneidiodd Nelan.

''Na i ddim gwadu nad oes gin i deimladau cymysg,' cyfaddefodd. 'Chysgish i fawr neithiwr rhwng un peth a'r llall.'

'Rwyt ti 'di gneud cymwynas fawr â ni trwy dy rodd.'

Safodd y ddau o flaen drws ei thŷ

'Arwydd o ddiolch yn fwy na rhodd,' meddai Nelan. 'Ar ôl yr holl gymorth yn trwsio'r tŷ 'ma, a chario'r dodrefn ac ati. Ro'n i'n benderfynol o roi rwbath yn ôl. Roedd y libart yn sefyll yn wag, a ninnau'n chwilio am ddarn o dir i godi capal. Roedd yr atab yn amlwg.'

'Ond mae gin ti deimladau cymysg?'

Edrychodd Nelan i ffwrdd.

'Dim ond y pethau arferol. Meddwl...' daeth gwrid sydyn i'w hwyneb. 'Meddwl bod Nain yn gorwadd yna, a hithau wedi bod yn gymaint o hen bagan a phechaduras. Ofn ysbrydion y gorffennol. Yr un hen bethau. Dach chi 'di clywad y cwbwl hyd syrffad.'

'Does dim angan i ti boeni, 'mach i,' sicrhaodd Edward

hi. 'Mae 'na un Ysbryd sy'n drech na'r lleill i gyd ac mae hwnnw'n wastad wrth dy ymyl di. A chofia fod Mr Lewis wedi cysegru'r tir erbyn hyn. A'i fendithio. Doedd dim un aelod yn wrthwynebus inni ei ddefnyddio fo.'

'Ddim ers y puro beth bynnag.'

'Paid ti â hel meddyliau rŵan,' meddai Edward gan ddal ei llaw.

Daeth yr un peth i feddwl y ddau ohonynt.

'Wn i ddim be fysa Seffora'n feddwl o hyn,' ysgydwodd Nelan ei phen.

'Dim rhyw lawar,' cytunodd Edward. 'Ac eto, cariad a gofal at gyd-ddyn oedd ei chredo hithau.'

'Ond doedd hi ddim yn Gristion.'

'Na. Rhaid i ti gofio mor gry' oedd dylanwad ei thad arni hi. *Freethinker*. Byw yn ei lyfrau. Chafodd Seffora rioed fawr o ofal teuluol, mae gin i ofn.'

Daeth dagrau i lygaid yr hen ŵr.

'Dach chi'n ei cholli hi'n ofnadwy hefyd, tydach Edward?'

'Mi oedd gin i feddwl mawr ohoni,' gwenodd yn garedig ar Nelan. 'Ac mi fysa hi'n falch iawn ohonat ti heddiw. A dy holl waith calad. A'r drefn sgin ti bellach ar y lle 'ma.'

'Iddi hi mae'r diolch am y cwbwl. Ac i chithau. Y ddau ohonach chi.'

Trodd y ddau'n araf at y tŷ lle'r oedd Nelan wedi

paratoi te bychan i'r saer maen, yr ymddiriedolwyr a'u gwragedd. Roedd ambell fanylyn yn dal angen ei drafod cyn dechrau'r gwaith adeiladu y bore Llun canlynol.

'Mi fydd yma gryn dipyn o brysurdeb,' meddai Griffith Lewis pan oeddent o gylch y bwrdd.

Taflodd gip braidd yn feddiannol i gyfeiriad Nelan.

'Llwch a thwrw. Dynion yn mynd a dod...'

'Dim angen i chi boeni, Mr Lewis,' meddai Edward yn ddiffwdan. 'Mae Nelan yn ddigon tebol i edrach ar ei hôl ei hun.'

'Mi fydda' i allan yn ymweld â chleifion y rhan fwya o'r amsar,' meddai hithau. 'Ac wrth gwrs, mi fydda' i ar gael i helpu os bydd 'na ddamwain neu...'

Daeth curo taer ar y drws i ymyrryd ar ei brawddeg.

'Os oes 'na rywun wedi dod i godi twrw, mae braidd yn hwyr,' meddai David Evans.

Ond roedd Nelan eisoes wedi codi, yn esmwytháu ei gwisg â'i dwylo ac yn sicrhau bod ei gwallt wedi ei rwymo'n daclus.

'Megan?' roedd syndod yn ei llais pan welodd pwy oedd yno. 'Ty'd i mewn.'

Daeth y ferch ifanc i mewn yn betrus. Pan welodd y gwesteion yn syllu arni o ben arall yr ystafell, cymerodd gam ansicr tuag yn ôl. Ond roedd Nelan yn syllu'n bryderus arni, a heb i Megan ddweud gair ymhellach, gofynnodd:

'Oes 'na rwbath wedi digwydd i Bo?'

Amneidiodd y ferch, heb allu siarad.

'Be sy, Megan? Be sy 'di digwydd iddo fo?'

'Wedi cael ei saethu mae o,' daeth llais Huw Rhisiart
o'r tu cefn iddi. 'Chlywist ti ddim, Nelan? Yr helynt efo'r
milisia yn y topiau 'cw y diwrnod o'r blaen. Mi aeth
pethau'n flêr.'

Wrth i'r sgwrs o gylch y bwrdd gyffroi, safodd Nelan
yno a'i phen yn troi. Doedd hi ddim wedi clywed dim.
Roedd busnes y capel wedi llenwi ei dyddiau; cymaint
i'w drefnu; y cyfarfod; y te wedyn...

'Saethu?'

'Yn ei goes,' meddai Megan.

'Ydi o'n iawn?'

Dechreuodd chwaer Bo grio'n dawel.

'Mi a' i i nôl 'y masgiad,' meddai Nelan.


Nid Bo a welodd Nelan yn gorwedd ar y gwely. Angau
oedd yno. Angau – a'i wyneb yn welw-las. Angau – yn
digwydd anadlu. Angau – nid Bo.

Mwy brawychus na dim oedd yr olwg farwaidd yn ei
lygaid. Y llygaid tywyll a arferai fod mor deimladwy a
llawn bywyd. Daeth fflach o adnabyddiaeth iddynt pan
gerddodd Nelan i mewn. Ond yna diffoddodd y fflam.
Ciliodd Bo'n ôl i'w fyd o gysgodion.

Aeth yr olygfa â'r gwynt o ysgyfaint Nelan. Rhythodd arno. Prin y byddai wedi ei adnabod.

Roedd oglau haint a llid yn llenwi'r siambr. Y tu ôl iddi roedd Megan yn crio. O'i blaen, ac ar groes-ongl iddi ar ochr draw'r gwely, eisteddai mam Bo, Catrin. Ni chododd ei phen pan ddaeth Nelan i mewn.

'Ers pryd mae o fel hyn?' O'r diwedd, llwyddodd Nelan i siarad.

'Rhyw ddiwrnod neu ddau,' mwmialodd Megan.

Camodd Nelan yn nes.

''Nei di ddangos y goes i fi?'

Daeth Megan ati a chodi cwr y garthen. Teimlodd Nelan y llawr yn rhoi oddi tani. Roedd twll enfawr yng nghrimog Bo: ceg agored yn sgrechian yn fudan, yn gig a gwaed gwlyb a thywyll, ac asgwrn y goes yn sgleinio fel dant gwyn, hir trwy ei ganol. Ar hyd ymylon y geg, yn felyn fel annwyd, roedd glan o lysnafedd melyn. Trodd Nelan i ffwrdd.

'Ydi'r doctor ddim wedi bod?'

Amneidiodd Megan yn benisel.

'Fo dynnodd y fwled allan. Dydd Mawrth.'

'A neb ers hynny?'

Sylwodd Nelan ar y ferch yn taflu cip i gyfeiriad ei mam a dywyllai gornel y siambr. Trodd Nelan tuag ati, ac ar ei hunion dechreuodd hithau gwynfan, heb edrych yn uniongyrchol ar Nelan:

'Mae o 'di bod yn hollol iawn tan heddiw. Ac mae o'n hogyn cry', yn ddigon tebol i wella'i hun. Dwn i'm be oedd isio Megan eich hel chi yma o gwbwl.'

Cyflymodd calon Nelan. Doedd rhai pethau ddim yn newid.

'Mae'r briw 'di mynd yn ddrwg,' ceisiodd reoli ei thymer. 'A sbïwch ar y droed 'ma.'

O godi'r garthen ymhellach daeth yn amlwg fod rhan uchaf y droed wedi newid ei lliw. Edrychai fel petai'r cig wedi dechrau marw.

'Os eith y drwg i'w waed o, mi wenwynith o!'

Dechreuodd Megan grio eto.

'Mi ddeudish i wrtho fo am beidio mynd i godi twrw,' achwynodd Catrin ymhellach. 'Gobeithio bydd hyn yn wers iddo fo.'

Gwers? meddyliodd Nelan mewn arswyd. Syllodd ar fam Bo'n syllu'n ddig ar ei mab ei hun. Ac yn sydyn, gwawriodd arni. Rywle, yn nwfn ei bod, roedd Catrin yn falch fod Bo yn dioddef. Roedd y peth yn rhoi rhyw bleser gwyrdroëdig iddi. Yn profi iddi, o ganol ei hunandosturi, ei bod hi, Catrin, yn gyfiawn, ond bod y byd yn anghyfiawn ac yn gwneud cam â hi. A pho fwyaf y dioddefai ei mab, mwyaf cyfiawn – a chlwyfedig – oedd hithau.

Cododd rhuthr o gynddaredd trwy Nelan, a chofiodd am yr holl adegau y bu Catrin mor frwnt ati yn blentyn;

mor galed y byddai ar Bo. Daeth arni awydd dweud rhywbeth. Ateb yn ôl. Dial. Edliw...

Ond roedd pethau llawer pwysicach na hynny'n galw ar hyn o bryd. Roedd Bo'n wael. Ac yn gwaelu.

Anwybyddodd y fam a throi i ganolbwyntio ar y gwaith oedd o'i blaen, gan roi pawb yn y tŷ i weithio. Gyrrodd Twm ac Isaac i nôl dŵr oer o'r ffynnon. Anfonodd Megan i chwilio am lieiniau glân ac i roi'r tecell i ferwi. A derbyniodd Catrin Jones hyd yn oed y dasg o oeri talcen ei mab â chadachau a rhoi diferion dŵr ar ei wefus i'w ddisychedu. Yn y cyfamser, aeth Nelan ati â'i meddyginiaethau, gan leddfu'r dwymyn yn gyntaf â thintur helyg, a golchi'r corff â chadachau llaith er mwyn ei oeri. Wedi i'r dŵr ddod i'r berw yn y gegin, paratôdd drwyth o bupur caián i boethi ei waed, yn gymorth i drechu'r haint oedd yn ymledu. A thra bu Megan yn llwyeidio hwnnw i'w geg, trodd Nelan i drin yr anaf ofnadwy.

Roedd cyflwr y goes yn llidus dros ben, ac er bod yr asgwrn yn gyfan, ofnai Nelan yn nwfn ei chalon dros Bo. Gan geisio rheoli'r cryndod yn ei dwylo, aeth ati i lanhau'r llysnafedd i ddechrau, cyn taenu haen drwchus o bowltis cen a garlleg ar y briw ei hun, a hithau'n gorfod galw ar Twm ac Isaac i ddod i'r siambr i ddal breichiau a choesau Bo. Roedd yn cicio a strancio wrth i'r garlleg adweithio â'r cig noeth.

Rhwymodd Nelan y powltis yn ei le'n gadarn, cyn troi i drin y droed â phowltis malw. Ac yna ailddechreuwyd y cylch. Aildrochi'r cadachau yn y dŵr oer. Ailolchi'r corff i'w oeri. Ailollwng diferion ar dafod Bo. Ac yn nes ymlaen ailgymysgu'r powltis a'i ailosod. Ailrwymo'r cyfan.

Ac felly, yn gylch ar ôl cylch o ofalu, ac mewn prysurdeb tawel llifodd yr oriau heibio'n ddi-sŵn. Erbyn min nos roedd arwyddion fod y dwymyn, beth bynnag, yn gostegu. Roedd Bo'n esmwythach ei ysbryd, ffrydiau'r chwys yn lleihau, y ffwndro'n peidio. Cyn i'r hogiau noswylio, galwodd Nelan arnynt i'r siambr i ddod i weld sut roedd eu brawd mawr. Gan ddod â fflam ei channwyll yn agos at ei goes, dangosodd iddynt fod y gwaed yn ceulo am y clwyf, a bod cochni'n trechu'r melyn. A gadawodd iddynt ysgafn deimlo'r croen yn cynhesu – yn arwydd calonogol fod gwaed newydd yn llifo.

Yn y man aeth Megan hithau i'w gwely. Ond arhosodd Nelan wrth ymyl ei chlaf. Yn ei phen, ers oriau, bu'n gweddïo. Gyferbyn â hi, fel delw fud yn ei chadair, eisteddai Catrin Jones, gan styrio weithiau, neu ebychu. Ond gan mwyaf ni wnâi ddim ond gwgu. Roedd hi fel ysbryd drwg yn mennu ar y lle. Roedd Nelan yn ei chasáu hi.

Yn oriau mân y bore agorodd Bo ei lygaid. Daeth sŵn rhyfedd o'i enau. Deallodd Nelan ei fod yn awyddus i godi ar ei eistedd, a brysiodd i'w helpu, gan alw ar Catrin am gymorth. Ond cyn hir roedd pen Bo'n syrthio'n ôl ar y glustog eto.

'Does 'na ddim siâp gwella arno fo,' mwmialodd ei fam yn feirniadol.

Siglodd ei phen o ochr i ochr.

'Be fydd o les i neb ar ôl hyn i gyd?'

Brathodd Nelan ei gwefus. Doedd ganddi mo'r egni i ddadlau â rhywun yr oedd yn well ganddi gwyno na gweld ei mab ei hun yn gwella.

Roedd blinder yn ei llethu erbyn hyn. Gallai deimlo straen yr oriau diwethaf yn dynn yn ei chymalau a'i chyhyrau. Ond y brifo mwyaf un yn awr oedd bod Bo'n edrych yn debycach iddo'i hun. Roedd y wawr angheuol wedi llithro oddi wrtho. A gallai hithau ddirnad wyneb yr hogyn dan wyneb y dyn. Yr un trwyn. Yr un geg. Amlinell yr esgyrn cryf a roddai ffurf mor ddymunol i'w wyneb. Y ffordd y tyfai ei wallt.

Bo oedd o.

Ei Bo hi oedd o.

O hyd.

Cadwodd gloriau ei llygaid ynghau, yn darian rhag trem ei fam. A daliodd i weddïo.

'Nelan?'

Roedd y dydd yn gwawrio. O bell, bell clywai adar yn trydar. Mwyalchen yn morio'n braf. Robin goch yn byrlymu. Adar to'n paldaruo.

Roedd rhywun yn galw'i henw.

Agorodd ei llygaid. Roedd goleuni meddal y bore bach yn llenwi'r siambr. Pan drodd Nelan ei phen gwelodd fod Bo'n syllu'n syn tuag ati, ei lygaid yn fawr a thywyll.

Daliwyd hi yno am funud. Roedd yn syfrdan ei hun.

'Chdi sy 'na, Nel?'

'Ia. Fi sy 'ma.'

Saib.

'Mae'n anodd coelio.'

Câi drafferth llefaru'n eglur. Gwyrodd Nelan ato, gan osod y cwpan dŵr yn erbyn ei wefus. Gwyliodd o'n llyncu'n boenus.

'O'n i'n meddwl... 'mod i 'di marw'n barod,' sibrydodd.

'Mi fyddi di'n iawn,' meddai Nelan yn ofalus. 'Ti'n gwella rŵan. Ti'n gwella, yli.'

Amneidiodd yntau. Ond roedd yn brwydro i gadw'i lygaid ar agor; y cloriau'n trymhau er ei waethaf.

'Nelan?'

'Ia,' llyncodd ei phoer.

Ond ni chafodd Bo gyfle i orffen siarad. Taflwyd cysgod sydyn dros y gwely.

'Mi gewch chi fynd rŵan.'

Roedd Catrin Jones ar ei thraed. Sylwodd Nelan yn sydyn mor fychan oedd hi. Doedd 'na ddim ohoni. Oedd hi wedi lleihau, trwy ryw hud, yn ystod y nos?

Pan ddywedodd Catrin eto, 'Amsar i chi fynd', sylweddolodd Nelan ystyr ei geiriau. Syllodd arni'n hurt.

'Cerwch,' meddai'r fam am y trydydd tro. 'Mae'n fora,' aeth yn ei blaen, ei llais yn tynhau. 'Mae gynnoch chi waith i'w neud. Mi fydd pobol yn siarad, eich gweld chi yma dros nos.'

'Fedra' i ddim mynd rŵan,' protestiodd Nelan. 'Mae o'n dal yn wael. Mae o'n wan ofnadwy. Angan gofal.'

'Mi geith Megan neud.'

'Ond —'

'Ylwch,' plygodd Catrin ymlaen tuag ati, a dod â'i llais i lawr, fel petai'n bygwth plentyn. 'Os nad ewch chi o 'ma, mi ddechreua' i weiddi. Dyna dach chi isio?'

Cododd fys hir a phwyntio at ei mab ar y gwely.

Cymerodd Nelan gam yn ôl. Roedd y ddynes yn atgas. Gan frwydro i gadw'r cryndod o'i llais, heriodd Catrin Jones am y tro cyntaf yn ei bywyd:

'Pryd dach chi am roi'r gorau i'w gosbi fo?'

Agorodd y fam ei cheg, ond torrodd Nelan ar ei thraws:

'Chi briododd y dyn anghywir. Dyn ddaru fynd

a'ch gadael chi. Ond Bo sy 'di gorfod talu'r pris. Dach chi ddim yn ei haeddu o!'

Clodd golygon y ddwy yn ei gilydd. Y ddwy'n syfrdan. Y ddwy'n styfnig.

'Pwy wyt ti, 'mechan i,' hysiodd Catrin o'r diwedd, 'i farnu mam neu dad neb? A chdithau'n dod o'r ffasiwn wehelyth?'

Cefnodd Nelan arni. A'r siambr yn siglo, gadawodd bopeth lle'r oedd: ei basged, ei hoffer, ei holl feddyginiaethau.

Ond wrth droi i fynd, bachodd rhywbeth yn ei ffrog a'i dal yn ôl am eiliad.

Llaw Bo oedd yno. Roedd yn gafael yn dynn ym mrethyn ei sgert. Ac yna'n ei gollwng.

# 19

'Nelan?'

Roedd syndod ar ei wyneb pan ddaeth hi at y drws.

'Sut wyt ti, 'mach i? Ty'd i mewn. Mae 'na rywun yma...'

'Na, ddo' i ddim i mewn i'r tŷ. Mae gin i lythyr i chi.'

Gan dybio mai rhywbeth ynglŷn â'r capel oedd o, cododd Edward ei ben yn syn pan gyfaddefodd Nelan mai llythyr ganddi hi ydoedd.

'Gin ti?' plethodd ei aeliau

'Dim ond wrth sgwennu ro'n i'n medru'i ddeud o,' meddai hithau, y gwrid yn llosgi ei bochau.

Synhwyrodd Edward ar ei union fod rhywbeth o'i le. Dechreuodd ei ddwylo grynu. Cafodd drafferth agor y llythyr, a dylai Nelan fod wedi manteisio ar yr ychydig eiliadau hynny i fynd a'i adael. Dylai fod wedi gollwng y llythyr i'w ddwylo, troi ei chefn arno, a cherdded yn gyflym i ffwrdd. Ac wrth edrych yn ôl ar y bore rhyfedd a thyngedfennol hwnnw yn ddiweddarach, pendronodd lawer tro beth a wnaeth iddi din-droi yno'n ei wylio'n darllen. Pam aeth hi yno yn y lle cyntaf, o ran hynny? Gallai fod wedi gadael y llythyr iddo ar fwrdd ei thŷ. Ond roedd rhywbeth wedi'i gyrru yno i roi'r llythyr yn ei ddwylo ac i wylio'i geiriau'n treiddio iddo. Yr awydd i sicrhau ei fod yn deall? Ynteu a oedd arni eisiau gweld ei chyfaill yn dioddef? Gweld dyfnder ei phechod yn marcio'i wedd, yn gadarnhad o'i drygioni.

Ynteu, meddyliodd wedyn, a fu llaw arall wrthi'n llywio hyn oll?

Edrychodd arno trwy gil ei llygaid. Roedd y rhychau ar ei dalcen yn dod yn fwy amlwg wrth iddo ddarllen ymlaen. Gwelwodd ei wyneb. Aeth ei law i grynu'n waeth. Trodd y ddalen drosodd, a llithrodd golygon Nelan at ei llawysgrifen ei hun, mor daclus fel arfer, ond yn awr yn sgrialu'n wythiennau tywyll a'r inc yn teneuo wrth i'w meddyliau ruthro, yn blotio'n gleisiau mewn mannau eraill. Roedd y papur ei hun yn brifo.

Syfrdanwyd Nelan gan flerwch yr ysgrifen. Roedd yn dystiolaeth nad hi ei hun oedd hi mwyach. Roedd rhywun – rhywbeth? – wedi'i meddiannu.

Fel petai'r papur ar dân, gollyngodd Edward y llythyr o'i ddwylo.

'Mynd o 'ma? Mynd o Ros Chwilog?'

Ceisiodd Nelan ei ateb yn bwyllog, ond roedd ei llais yn gynhyrfus a thoredig.

'Os arhosa' i yma, mi 'na i ddwyn gwarth arnaf i fy hun. Ac arnach chithau, Edward. A'r capal,' rhuthrodd y dagrau i'w llygaid. 'Does 'na ddim gobaith i fi. Dwi 'di syrthio i bechod ofnadwy, a does 'na ddim dod ohono.'

'Ond be sy 'di dod drostat ti?' roedd dryswch yr hen wŷr yn cynyddu. 'Rhedag i ffwrdd? A ninnau 'di arfar ymddiried yn ein gilydd? Mae 'na ffordd o drechu pechod, Nelan bach, mi wyddost ti hynny.'

'Mae hyn yn waeth,' claddodd ei phen yn ei dwylo. 'Ac mae Duw wedi troi ei gefn arnaf i!'

'Mae maddeuant Duw yn ddiderfyn.'

Camodd Edward tuag ati, ond tynnodd Nelan ei hun yn ôl mewn dychryn.

'Peidiwch, Edward, rhag imi'ch halogi chi.'

'Nelan, Nelan, be sy wedi dy styrbio di?'

Ar hynny torrodd Nelan i lawr.

'Mae'r hen ddrygioni 'na wedi codi yndda' i eto. Mae o yn y tŷ. Yn y waliau a'r llawr,' ysgydwodd ei phen nes bod ei gwallt yn datod o'i gwlwm. 'Mae pechodau Nain wedi atgyfodi yndda' i.'

Rhythodd Edward arni. Roedd rhywbeth ofnadwy'n pwyso ar ei chydwybod. Beiodd ei hun am beidio â sylwi ynghynt. Ond roedd cymaint o brysurdeb wedi bod ynglŷn â'r adeiladu dros yr wythnosau diwethaf. Ac roedd galwadau pobl eraill wedi bod yn mynd â'i amser. Syllodd arni'n crynu o'i flaen, ei harddyrnau tenau wedi eu codi dros ei hwyneb.

Roedd rhaid iddo fynd at wraidd hyn. Roedd angen i'r drwg ddod allan.

'Siarada, 'mach i,' plediodd arni. 'Deud be sy'n pwyso arnat ti.'

'Mae gin i ormod o gywilydd.'

'Neith rhedag i ffwrdd ddim helpu.'

Yn araf, daeth ei dwylo i lawr. A hithau'n dal heb allu edrych arno, ceisiodd siarad, ond roedd yr hyrddiadau o wylo'n dal i fynd yn drech na hi. Gwrandawodd Edward yn astud. Gallodd ddeall ambell air. *Temtasiwn*, clywodd. *Cnawdol. Bydol.* Roedd hi'n sôn am serch a chariad. Am wrthrychau annheilwng. Roedd y brawddegau'n tyfu, y geiriau'n cydlynu a'r ystyr yn dod yn gliriach a chliriach. Daeth pangfa arall i'w hysgwyd. Ond yn y gosteg a ddaeth wedyn, daeth ymadrodd cyfan allan yn ddaeargryn trwyddo:

'Fel tasa cariad Iesu Grist ei hun ddim yn ddigon!'

Gyda hynny, deallodd Edward. Roedd Nelan wedi syrthio mewn cariad. Y druan fach â hi! A phrin fod y sylweddoliad hwnnw wedi dod iddo nag y daeth datguddiad pellach iddo.

Dylai fod wedi deall yn syth.

Roedd hanner arall y stori ganddo'n barod.

Roedd Nelan bellach wedi codi ei golygon tuag ato, ei llygaid yn ddolurus, a'r cysgodion oddi tanynt mor las â'r nos. Roedd hi'n erfyn am faddeuant. Roedd yn tybio ei fod yn ei barnu. Teimlodd yntau'r fath ymchwydd o gariad tuag ati fel na allai siarad am funud.

Cariad? meddyliodd. Ymhle roedd y pechod mewn caru? Roedd caru un annwyl yn un o freintiau mwyaf bywyd. Ond roedd cydgaru, teimlo cyflawnder eich cariad yn cael ei chwyddo a'i berffeithio gan un arall, yn rhodd arbennig, yn ddarn o ddwyfoldeb ym mhridd dyn.

Dydd a nos.

Haul a lloer.

Dau enaid yn ymgyfannu.

Yn union fel roedd Seffora wedi'i ddarogan.

'Deudwch rwbath wrtha' i Edward,' plediodd Nelan. ''Newch chi faddau i mi am fynd? Edward, be sy'n bod arnach chi? Peidiwch, peidiwch â cholli deigryn...'

Camodd ato'n bryderus. Clywodd o'n mwmial bod pendro wedi dod drosto. Bod arno angen mynd i eistedd am dipyn. Bod arno angen iddi hi ei helpu.

A'i meddwl ar chwâl, gadawodd Nelan iddo'i thywys i'w dŷ.


Doedd hi'n gweld dim pan aeth i mewn. Roedd ei llygaid yn gignoeth, heli'r dagrau'n eu llosgi, y tywyllwch yn ei dallu wedi golau'r dydd. Doedd dim ots. Roedd hi'n adnabod y cysgodion. A'i throed yn symud yn gyfarwydd dros y llawr, ei llaw'n cynnal ei benelin, arweiniodd ei chyfaill annwyl at ei gadair.

Yn rhyddhad yr ymollwng, bu bron i gynefindra'r lle ei llorio: oglau chwerwfelys y mawn yn mudlosgi; aeddfedrwydd coch y tân; ansawdd cyfarwydd y dodrefn. Am eiliad diflannodd ei phryderon. Cafodd drugaredd yma lawer tro yng nghwmni cyfeillion.

Nes y daeth i'w chof fod yno ymwelydd. Taflodd gip ofnus dros ei hysgwydd. Dirnadodd gysgod. Roedd rhywun yn eistedd ar ben pella'r bwrdd, mor llonydd â delw, ei drem wedi'i hoelio arni.

Aeth ias drosti. Gwyddai'n syth pwy oedd yno. Bachodd ei llaw yn y bwrdd i'w rhwystro'i hun rhag syrthio, a safodd yno am funud, ei choesau'n crynu.

Clywodd lais Edward o bell yn gofyn a oedd hi'n iawn. Daeth awydd arni i ddianc, ond doedd y nerth ddim ganddi. Llwyddodd i'w chael ei hun i'r gadair cyn iddi lewygu.

Nid ei weld roedd wedi'i wneud, ond ei deimlo. Fo oedd o, doedd dim dwywaith am hynny. Roedd wedi nabod ffurf ei ysgwyddau, osgo'i war wrth iddo sythu pan welodd hi. Roedd wedi teimlo'i syndod yn treiddio trwyddo.

Bo.

Ac yn awr roedd yn codi ar ei draed ac yn dweud ei henw.

Clywodd Edward yn siarad eto.

'Fedrwn i ddim gadael i ti fynd i ffwrdd, 'mach i. Ddim â Boas yn y tŷ 'ma. A'r ddau ohonach chi'n torri'ch calonnau dros eich gilydd.'

Ei lais yn pylu eto, fel tonnau'n codi a gostwng.

Trodd Nelan yn llawn dryswch ato.

'Be sy'n digwydd?'

A heb roi cyfle iddo ymateb, aeth yn ei blaen:

'Be mae o'n ei neud yma? Dach chi'n chwarae castiau arnaf i? Yn trio 'ngyrru fi o 'ngho?'

'Nelan bach, tawela.'

Cododd ar ei thraed.

'Nelan!'

Bo'n galw arni â llais dyn.

'Nelan, paid â mynd...'

Bo'n erfyn arni â llais hogyn.


'Fi ddoth yma,' esboniodd Bo, ei olygon ar y bwrdd. 'I ofyn am waith yn y lle cynta.'

Daeth ei ddwylo ynghyd.

'Does 'na ddim gobaith i mi fedru cerddad i'r chwaral rŵan. Ers i mi frifo.'

Cododd ei ben. Gwelodd Nelan ei lygaid tywyll yn disgleirio yng ngolau'r ffenest.

''Nest ti achub 'y mywyd i.'

Ac meddai Nelan:

'Gwella pobol ydi 'ngwaith i.'

Tawodd Bo.

'Mi fuon ni'n siarad am bethau eraill hefyd,' meddai Edward.

Petrusodd, gan daflu cip gofalus ar Nelan. Doedd o ddim am iddi gynhyrfu eto.

'Mae Boas yn awyddus...'

'Awyddus?'

'Mae o isio ymuno. Efo'r achos. Os medrith o. Dod atan ni'n wrandäwr yn y lle cynta, ac wedyn – '

'Ymuno efo ni?'

Prin y gallai Nelan gredu ei chlustiau.

Trodd yn ymosodol at Bo. 'Ti'n ein casáu ni!'

Gwelodd ei lygaid yn cau wrth i'w geiriau ei gyrraedd. Roedd yn ei frifo. Yn mwynhau ei frifo. Roedd rhaid iddi ei herio. Herio'i hun roedd hi.

'Dwi 'di newid, Nel,' esboniodd yntau, gan syllu i fyw ei llygaid. 'Dwi 'di bod yn hongian rhwng byw a marw. Ac mae pob dim yn dod yn glir ar adag felly.'

Llyncodd ei boer.

'Ddo' i ddim os nad wyt ti isio. Mi a' i o 'ma.'

Y ddau'n syllu ar ei gilydd. Y gegin fel y bedd. Y tân yn ochneidio. Y cloc yn tipian. Y blynyddoedd yn llifo heibio.

Edward, yn y diwedd a dorrodd y tyndra.

'Dydw i ddim credu y dylach chi'ch dau fynd o 'ma. Neu mi fydd 'na siarad.'

A'r ddau'n troi tuag ato, yn synnu at ei dôn ddidaro.

Roedd rhywbeth rhyfedd yn sglein ei lygaid. Wrth edrych yn ôl ar y diwrnod hwn yn ddiweddarach, teimlai Nelan mai galar a llawenydd oedd yn ymdoddi yno.


A dyna nhw ar eu pennau eu hunain eto. Y tro cyntaf ers diwedd plentyndod. Yn wynebu ei gilydd. Yn blant ac yn ddau oedolyn aeddfed. Yn ddieithriaid ac yn ddau gariad.

'Doro obaith i fi, Nel,' sibrydodd Bo o'r diwedd, gan estyn ei law tuag ati. 'Fuodd 'na neb arall erioed ond chdi.'

Syllodd arno'n syfrdan, ei dwy wefus yn dod ynghyd i yngan ei enw, *Bo*, cyn ymwahanu eto.

Cyffyrddiad cusan.

Yna, un llafariad hir, angerddol. Yn anadliad rhydd a diddiwedd.

Mae'n gwrando ar guro'r egni yn y lle dyfnaf un. Ar fflachiadau. Ffurfiau a chysgodion. Cof? Cyn cof? Ystwyrian a dirgryniadau. Tyndra'n dechrau o drobwll yr egni. Crisialiad? Trefniad?

Mae 'na wlych gwyrddwyn yn ysu. Sioc yr ymwybyddiaeth. Gwefr. Yr aros am y dod i fod.

Ai dychmygu y mae hi? Ond beth yw dychymyg ond mater o wrando'n wybodus?

Mae'n gwrando ar guro'r egni ar ddrws ei chorff. Ac mae'n ei agor.

# ADDOLI
## 1808

# 20

Wrth ymyl Tŷ Copyn roedd libart. Yn y libart roedd capel yn tyfu. Yn gweithio ar y capel roedd saer maen a'i holl gynorthwywyr. Cyrhaeddent bob bore gan dreulio'r dydd yn codi'r addoldy. Dadlwythwyr y cerrig. Cludwyr y calch a'r tywod. Cymysgwyr y mortar. Trinwyr y cerrig, a'r rheiny'n bodio a phwyso a mesur eu deunydd crai cyn naddu. Llasarnu'r mortar. Codi'r cerrig i'w lle. Cydgysylltu'r cerrig yn gywir.

Ni welodd y sgwaryn bychan hwn o dir Rhos Chwilog erioed y fath fynd a dod, a'r libart yn diasbedain. Curiad cynion a morthwylion. Tramp traed dynion yn gweithio. Trywelion a rhofiau'n canu. Sgwrsio. Barnu. Ymgynghori. A thrwy'r cyfan, wele'r saer maen yn goruchwylio, ei ffon fesur a'i galiperau yn ei ddwylo.

Wrth i'r capel brifio cludwyd yr ysgolion ato, a'r adeiladwyr yn esgyn ac yn disgyn trwy'r dydd yn ôl gofynion eu llafur. Daeth dydd gosod lintelau'r ffenestri, a fframwaith derw'r drws ar y talcen. Dôi'r aelodau i edmygu bob hyn a hyn. Dôi'r ymddiriedolwyr i farnu. A dôi'r amheuwyr a'r plant i fusnesu. Ond doedd dim troi'n ôl erbyn hyn. Roedd y capel bach yn tyfu.

Ddechrau'r trydydd mis cyrhaeddodd y preniau.

Ac yn sgil y pren daeth y seiri i lifio a llyfnu ac i greu o'r darnau coed drawstiau a distiau a thulathau. Wele ffurfwaith y to, yn nenbren a cheubrennau, yn barod i gynnal llechi'r Gilfach Ddu, i gadw Tŷ Dduw yn ddiddos. Ac er mwyn i hynny ddod i fod, roedd angen un â phrofiad o drin llechi, a'u naddu a'u torri i'w ffitio i'w lle.

Ond heddiw, a hithau'n hwyr ar bnawn Gwener, a chawodydd trymion o law'n llesteirio gwaith y towyr, cafodd Bo orffen yn gynnar. Cadwodd ei offer gwaith yn ei sach. Siaradodd am dipyn â'i feistr. Ac yna trodd at y tŷ, ei galon yn chwyddo mewn disgwyliad.

Curodd y drws, a phan na chafodd ateb, agorodd o'n dawel. Cafodd ei synnu o'r newydd gan y newid yn y tŷ. Roedd y gegin yn olau a glanwaith, y sypiau planhigion sychion yn hongian yn drefnus oddi ar y to, y dodrefn yn sgleinio. Aeth ias drosto wrth gofio'r hen dywyllwch.

A dyna hi Nelan yn eistedd mewn ffrwd o olau dydd, ei thröell rhwng ei gliniau. Roedd ei gwallt wedi ei glymu'n ôl, ond bod ambell gudyn afreolus yn mynnu syrthio'n fodrwyau dros ei hwyneb. Gwyliodd hi'n gweithio, ei dwylo'n anwesu'r gwlân heb feddwl a churiad ysgafn ei throed yn cerdded llwybrau nad oedd yno. Roedd y Beibl ar agor o'i blaen, a Nelan wedi mynd i ganlyn ei myfyrion, ar goll mewn byd o laeth a mêl, o ennaint a phersawr, o goronau aur a sidanau porffor, o ffynhonnau'n torri o'r nefoedd ac o orseddau llachar.

'Nelan?'

Dim ond yn raddol yr arafodd yr olwyn. Daliodd Bo i syllu arni a gweld naws wahanol yn llifo i'w chroen wrth iddi ddychwelyd i bresennol y gegin.

'Roeddat ti'n bell i ffwrdd.'

Am funud roedd yn syfrdan, fel petai'n ei weld am y tro cyntaf erioed. Bo. Boas. Fel petai'n anodd ganddi gredu ei fod yno, yn sefyll yn nhŷ ei nain. Y tŷ a oedd bellach yn eiddo iddi hi. A fyddai'n eiddo iddo yntau hefyd cyn hir.

Ceisiodd ddweud rhywbeth. Doedd dim geiriau. Symudodd y gwlân oddi ar ei glin a chodi ato.

'Mi geah i orffan yn gynnar,' esboniodd Bo. 'Y glaw 'ma.'

'Wyt ti am ddod i mewn?'

'Well peidio.'

'Ti'n iawn. Dydan ni ddim am roi achos iddyn nhw siarad.'

'Mi ga' i ddod i mewn pryd bynnag licia' i ar ôl wythnos nesa.'

'Gobeithio,' meddai Nelan.

Gwelodd Bo y pryder ar ei hwyneb.

'Paid â phoeni, mi fydda' i'n iawn. Dwi'n nabod fy Meibil yn dda erbyn hyn, diolch i Edward. Buan fydd yr arholiad drosodd.'

'Mi holan nhw chdi'n galad. Mr Lewis yn enwedig.'

Sythodd Bo ei ysgwyddau.

'Dwi'n barod amdano fo. Cheith o na neb arall ddod rhyngddan ni eto, Nel.'

Cododd ei law tuag ati.

'Isio gofyn o'n i ddoi di allan am dro – rhwng y cawodydd? Mae 'na rwla dwi isio mynd iddo fo cyn inni briodi.'

'Ti'n meddwl ddylan ni?'

'Dim ond ni fydd yno.'

A rhyw hen gyffro'n cynhyrfu ynddi, gafaelodd Nelan yn ei law. Teimlodd y croen wedi caledu lle bu'n trin y llechi.

'Lle dan ni'n mynd?'

'I'r Gors, siŵr iawn,' atebodd Bo.


Fu'r Gors erioed cyn hardded ag yr oedd y diwrnod hwnnw. Y criafol yn ddafnau gwaed yn erbyn yr awyr ddisglair. Gemau porffor blodau'r ysgall. Canhwyllau'r eithin yn cynnau fesul un ac un, a gwreichion yr egroes ar hyd y perthi. A thrwy'r cyfan, yn chwa bob hyn a hyn, codai rhin bêr y gwyddfid.

Gallent siarad yn fwy rhydd yma o glyw'r tyddynnod a'r bythynnod, ac eto, tawel oedd y ddau i ddechrau, y naill a'r llall ar goll yn eu hatgofion.

Ymlaen â nhw rhwng y pyllau disglair, heb siarad, heb chwilio lle'r oedden nhw'n mynd, nes yn sydyn y cododd y mynyddoedd o'u blaen yn eu mawredd cyhyrog. Safodd y ddau mewn rhyfeddod.

'Ti'n colli'r chwaral, Bo?'

Daliodd yntau i graffu tuag Elidir Fawr, fel petai'n chwilio am ffurf ei gyd-weithwyr ynghanol y tirwedd.

'Mae'r lle 'na ar fin newid,' ysgydwodd ei ben. 'Achos y Smith 'na.'

'Ond does dim rhaid i fi gowtowio o flaen neb rŵan. Lawr yma mae'n lle i rŵan, Nel. Efo chdi.'

Trodd ati.

'Wst ti be, mi o'n i'n arfar meddwl am y dyfodol fatha tŷ.'

Edrychodd arni â chariad yn ei lygaid.

'Ond...'

'Ond be?'

'Mi oedd y tŷ'n wag. Doedd 'na ddim bywyd ynddo fo. Ond rŵan mae 'na. Mae o'n tyfu.'


A dyna nhw wrth y wal a ddynodai derfyn eithaf y Gors a honno bellach dan drwch o ddrain a rhosyn gwyllt ac eithin.

'Mi o'n i'n arfar meddwl bod y Gors yn ddiddiwadd,'

meddai Nelan. 'Ond dyma ni wedi cyrraedd y pen draw mewn dim.'

'At y wal 'ma ro'n i isio dod.'

Trodd Nelan ato.

'Isio inni fynd yn ôl adra efo'n gilydd. Yn wahanol i'r tro dwytha.'

'Dod yr holl ffordd yma i fynd yn ôl?'

'Gneud y cylch yn gyfan. Mae 'na batrwm, ti'n gweld.'

'Ti'n swnio'n union fatha Seffora weithiau.'

Lledodd distawrwydd rhwng y ddau wrth gofio'r dydd rhyfedd hwnnw bron i wyth mlynedd ynghynt, pan aeth Nelan heb Bo i'r Lôn Glai.

'Mi o'n i'n andros o flin efo hi,' meddai Bo yn y man. 'Am flynyddoedd. Am ddod rhyngddan ni.'

Ni ddywedodd Nelan ddim am funud.

'Hi oedd y fam na chesh i mohoni, ti'n gweld.'

Ei llais yn gwegian.

'A doedd gin i ddim byd arall,' aeth yn ei blaen. 'Dim cartra call, fatha chdi. Dim ysgol. Dim eglwys. Hi oedd y cwbwl.'

'Dwi'n gweld hynny rŵan.'

Wrth ei thynnu ato gallai deimlo asgwrn ei chlun drwy frethyn ei ffrog.

'Mi oedd raid i hynny ddigwydd, sti, Bo. Y diwrnod hwnnw. Inni gael bod yn ddau hannar,' sibrydodd Nelan.

Ond roedd Bo'n codi ei law i symud ei gwallt oddi ar ei hwyneb. Yn gwyro ati. Ac yn ei chusanu.

Roedd dafnau tew o law'n disgyn ar eu pennau, a'r gwenoliaid erbyn hyn yn hedfan yn is ac yn is, yn gwau eu sidan anweledig o'u cwmpas.

'Awn ni'n ôl efo'n gilydd?'.

Y llygaid tywyll a'r llygaid glas yn cydgyfarfod.

Yn araf i ddechrau, cyflymodd y ddau eu camau wrth i'r gawod drymhau. Law yn llaw, gan lamu dros y brwyn a'r pyllau cyfarwydd, cododd y ddau eu golygon at y byd a oedd yn agor o'u blaen. Silwét eu capel yn codi'n bigyn diymhongar o'r rhostir llwm. A'r tu hwnt iddo, draw lle'r oedd y môr yn un â'r awyr, dacw belydr o oleuni'n tywynnu ar slant o'r nefoedd i lawr, gan greu adwy arian.

Ymlaen, ymlaen â'r ddau fach tua'r goleuni draw.

Yn ôl, yn ôl i Ros Chwilog.

# 21

Trodd ar ei chefn i liniaru'r boen. Saethodd gwayw o fôn ei chefn hyd at ei dannedd. Yr un pryd roedd poen arall yn gwthio rhwng ei chluniau gan yrru llosg i lawr ei choesau. Cael ei tharo â haearn gwynias drosodd a throsodd.

Mygodd ei griddfan ei hun. Doedd arni ddim eisiau deffro Bo. Doedd hi ddim yn bryd eto.

Chwip arall. Dyrnod fewnol. Roedd rhywbeth yn digwydd iddi. Cododd ei llaw at ei bol, at y peth oedd yn gwthio. Ai penelin oedd yno? Pen-glin? Pwy oedd yno?

Roedd ynddi ormod o wres. Gwthiodd y garthen oddi ar ei chorff. Hiraethai am Seffora, am ei dyfroedd glân, oer. Cadachau llaith ar dalcen. Geiriau o gysur. Y fydwraig a adawodd y byd.

Oedd hi'n gofalu amdani heno?

Gwyddai fod y babi'n camorwedd. Roedd wedi gweld y peth o'r blaen. Teimlai asgwrn ei chefn dan bwysau. Roedd wedi ceisio symud y babi ei hun fel y gwnaeth i eraill. Gosod ei dwylo ar ei bol a siglo'n ôl a blaen i gael y babi i droi fel y dylai. Ond roedd popeth yn dal i frifo. Y babi'n styfnig – fel ei fam. Neu fel ei mam, efallai. Efallai mai merch fach oedd hi.

Bu'n meddwl tipyn am Onora yn ddiweddar. Ai'r un fu poen ei chario a'i geni hithau? Roedd hi'n nes ati nag y bu erioed. Yn un â hi – fel y bu unwaith o'r blaen, cyn ymwahanu. Roedd hi'n un â'i mam ym mhoen y corff ac yn un â hi ym mhryderon yr enaid. Roedd hi'n dechrau ei nabod.

Gwayw arall. Cododd ei phen-glin i'w liniaru. Dechreuodd weddïo. Roedd angen cryfder arni. Ffydd. Cyn hir byddai'r pryder drosodd.

Llithrodd cri isel o'i genau.

'Nelan?'

'Y babi 'ma sy'n aflonydd, mae'n iawn. Cysga di.'

Saib.

'Hogan bach ydi hi felly'

Trodd Nelan yn araf tuag ato. Roedd arni eisiau gweld ei wyneb.

'Bo?'

Y gwayw.

'Efo chdi dwi isio bod yn fwy na dim arall. Chdi a'r babi bach 'ma. Yn fan hyn.'

Roedd o'n codi'i law i fwytho'i thalcen.

'Ydw i'n ddrwg am fod isio hynny?'

'Paid ti â hel meddyliau rŵan. Dyna fysa Seffora'n ddeud wrthat ti.'

'Dwi byth yn meddwl am y grisiau plu 'na rŵan, Bo.'

'Dwi'n gwbod, 'y nghariad i,' meddai Bo.

'Ydi Duw efo ni?'

'Mae O efo ni, Nel, paid ti â phoeni.'

Yn y man cododd Bo o'r gwely. Roedd arni angen dŵr i'w yfed. Cadachau llaith i'w hoeri.


Doedd ei chorff ddim yn bodoli. Daeargryn oedd hi. Roedd hi'n ysgwyd ei daear ei hun. Yn chwalu ei hun yn ddarnau.

Rhuodd y boen trwyddi. Roedd ei thu mewn yn torri. Haneru. Chwarteru. Poen ar hyd. Poen ar led. Ac yna roedd hi'n cael ei thynnu'n un o'r newydd. Sugnad ffyrnig yn ei chyfannu. Chwalu, cyfannu, chwalu, cyfannu. Bob yn ail. Am oriau ac oriau. A'r boen yn gwaethygu, gwaethygu. Roedd 'na fwystfil anweledig yn chwythu ynddi. Yna'n sugno popeth ohoni. Chwythu. Sugno. Chwythu. Sugno. Hyrddio brwnt ei anadliadau trwyddi.

Doedd hi ddim mwyach yn bod. Poen oedd hi. Lwmp o boen. Llanw a thrai. Y cefnfor cythreulig. Ac roedd hi'n boddi.


Dim ond cysgodion. Byd di-le, diamser. Teyrnas poen. Nos a dydd. Tywyllwch a goleuni. Heb ffin na therfyn. Un gwyll diddiwedd o boen y tu hwnt i boenau.

Ac yna, yn sydyn, mae'n glanio. Traeth llonyddwch. Mae ei chorff yn ôl, yn dawel o'r diwedd. Môr o waed yn ceulo'n dalp o gnawd. Ias y gri'n troi'n alwad.

# 22

Wedi i'r dŵr gynhesu daeth â'r tecell at y cafn a thollti'r dŵr cynnes i'r dŵr oer i dorri'r ias oedd ynddo. Aeth i nôl y fechan o'r crud. Roedd hi'n effro, ei llygaid glas yn syllu'n syn i rywle pell ac agos yr un pryd.

Cododd hi i'w freichiau a dadlapio'r dillad oedd amdani, ac yna gwyrodd at y dŵr, profi'i dymheredd â'i benelin, cyn ei gollwng i lawr yn dyner. Roedd cnawd ei gwegil yn gynnes a meddal ar ei fraich. Gallai deimlo'r cryfder ynddi.

'Amsar 'molchi, 'nghariad bach i.'

Lledodd hithau ei llygaid wrth deimlo anwes y dŵr yn cau amdani. Dechreuodd sblasio, ei chorff yn mynd i gyd wrth ganfod gwyrth ei braich, rhyfeddod ei choesau, ymateb y dŵr iddi. Syndod arian byw'n tasgu. Ffynhonnau'n torri o'i dwylo. A'r tonnau'n gorlifo dros ymyl y cafn, yn bedyddio llawr y tŷ, gan wneud i Bo wenu.

Golchodd hi'n gariadus, a chyn oeri'r dŵr, tynnodd hi allan, a'i sychu a'i gwisgo. Cyn hir dôi modryb Megan i'r tŷ i weld sut roedd hi'n prifio.

Cerddodd heibio i ymyl y capel at y clawdd a ffiniai'r fynwent heb edrych ar y twmpath pridd coch yn y gornel. Dim ond cerdded ymlaen. Teimlo'i ffordd. Cofio'r llwybr at eu cuddfan.

Gan dynnu'r rhedyn o'r neilltu, gyrrodd ei hun i mewn i'r drysni. Roedd y gwlith yn dew heddiw, ond ni sylwodd Bo ar y gwlych yn mynd trwy'i ddillad.

Gorweddai'r ddwy garreg ochr yn ochr o hyd. Safodd a syllu. Yn y man penliniodd o flaen ei charreg hi. Caeodd ei freichiau amdani a rhoi ei foch arni i gofio.

Bu yno nes i'r storm dawelu. Pan gododd ei ben gwelai'r ddraenen-eiddew yn gwyro drosto. Ac wrth ei hymyl, yn ifanc a hydwyth, sycamorwydden fain a llond ei changhennau o angylion gwyrdd golau.


Ond roedd 'na rywun yn galw. Roedd yn nabod ei llais. Galw amdano fo'r oedd hi.

Cododd ar ei draed a sychu ei lygaid. Gadawodd y ffau.

Ei faban bach oedd yno, yn galw am ei thad, yn gofyn am ei gariad.

Dychwelodd at y tŷ ac at ei chwaer, a hithau'n dal y fechan yn ei chôl. Anna Seffora.

Roedd y cwrdd ar ddechrau, a chynulleidfa Bethel ar y Rhos yn barod am y bedyddio.

Aeth dwy ganrif heibio ers hynny, ond mae'r hen gapel yn dal i sefyll. A'i enw yw Bethel, sef Tŷ Dduw, er mai Capel Nelan ydi o ar lafar gwlad hyd heddiw.

Dacw fo'n sefyll yn ei urddas llwyd ynghanol y pentref a enwyd ar ei ôl, a hwnnw'n dal i dyfu, yn lleibio'r rhos i'w gyfansoddiad o flwyddyn i flwyddyn. Ei wyneb diaddurn. Ei do llechi'n dal yn gadarn drwy bob drycin. Y sycamorwydden fawr yn gwarchod y fynwent angof. A'r arwydd 'Ar Werth' yn dal ar ei dalcen.

Mae'r eira'n wyn ar Eryri. Y rhew'n ariannu'r hen domennydd. Haul y gaeaf yn taflu cysgodion hir dros y rhostir.

Mae 'na frân i bob brân, medd yr hen air, ac mae 'na gapel i bob cigfran yng Nghymru.

Y meinciau'n pydru dan y farnais coch. Y llyfrau'n lleithio. Plastar y to'n syrthio'n gawodydd o'r nen, yn gen gwyn yn fy mhlu i.

Eira mân, eira mawr.

A minnau'n pendroni ble fydd nythle fy mhlant i.

Wrth ddod i glwydo fin nos, gwrandawaf. Anadliadau'r emynau. Yr organ fudan. Y geiriau heb leferydd: Tosturi. Gras. Tangnefedd. Cyfamod. Ac ocheneidiau Duw o bryd i bryd yn disgyn o'r pulpud at y pren di-glust.

Ac weithiau yng ngolau'r lloer ar nos ddi-gwsg, trof at y Beibl tamp am gysur, a chladdu 'mhig yn y geiriau i gofio a breuddwydio. Oglau'r dail ar y tudalennau. Persawr blodau. Olion adain hedyn ar yr hen adnodau.

*Hir cof cigfran.*

*A Nelan a Bo? Maen nhw wedi eu hen anghofio – ond i'r sawl a wrandawo. Y geiriau'n fy nghrawc gryg, yn aneliadau fy mhig ac yn siffrwd fy mhlu, y rhai sydd mor ddu ac amryliw â phriddoedd Rhos Chwilog.*

# DIOLCHIADAU

Diolch o galon i Lefi Gruffudd am ei gymorth a'i holl gefnogaeth wrth gael y nofel hon yn barod i'w chyhoeddi, ac i staff gwasg y Lolfa am bob cydweithrediad.

Cydnabyddaf yn ddiolchgar y nawdd a dderbyniais gan Gyngor Llyfrau Cymru trwy eu grantiau i awduron a'm galluogodd i leihau fy oriau dysgu er mwyn cwblhau'r gwaith.

Diolch i Robat Trefor am fod yn olygydd copi trylwyr a threiddgar, ac i Dafydd Owain am y clawr arbennig.

Darllenodd Marged Tudur ddrafft cynnar a diweddar o'r nofel ac roedd ei hawgrymiadau a'i sylwadau'n graff a hynod werthfawr.

Mae fy niolch mwyaf i'm golygydd, Meinir Wyn Edwards, am ei hanogaeth, ei hamynedd a'i holl ofal wrth ddod â'r gwaith ynghyd, ac am fod yn gydymaith mor gynhaliol ar hyd y daith.

Bûm yn sgwrsio gyda Gareth Roberts o Fenter Fachwen, a Dafydd Roberts, cyn-Geidwad Amgueddfa Lechi Cymru, wrth astudio hanes plwyf Llanddeiniolen a chwarel Dinorwig a diolchaf iddyn nhw am eu harbenigedd a'u cymorth parod. Elwais hefyd, ymhlith eraill, ar gyfrol David Thomas, *Cau'r Tiroedd Comin*, a *Hen Atgofion* W. J. Gruffydd.

Daeth prif ysbrydoliaeth y nofel, serch hynny, o'r cyfoeth a'r amrywiaeth profiad a gefais wrth gael fy magu ym Methel, Arfon, ac mae fy nyled yn bennaf i'r pentref hwnnw, y bobl sy'n byw yno, a'r ardal arbennig sy'n ei amgylchynu.

Hefyd gan yr awdur:

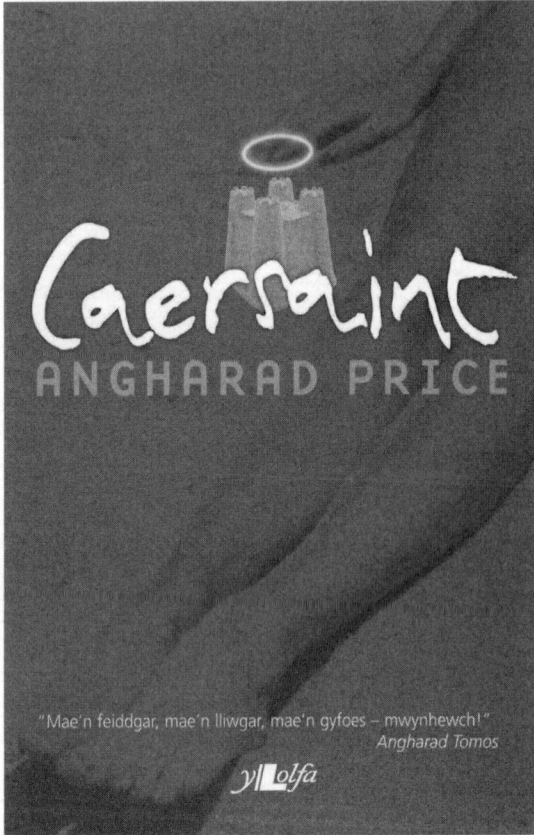

£8.95

Cyfrol y Fedal Ryddiaith 2002
ANGHARAD PRICE

O! tyn y gorchudd

£8.99